I VIAGGI DI MARCO POLO

JULES VERNE

Texte et illustration de couverture : © domaine public
Edition : Culturea (Hérault, 34)
Contact : infos@culturea.fr
Retrouvez notre catalogue sur http://culturea.fr
Imprimé en Allemagne par Books on Demand
Design typographique : Derek Murphy
Layout : Reedsy (https://reedsy.com/)

Dépôt légal : janvier 2023
Tous droits réservés pour tous pays

ISBN : 9791041844999

Interesse dei mercanti genovesi e veneziani nel promuovere delle esplorazioni nel centro dell'Asia.—Condizione della famiglia Polo a Venezia.—I due fratelli Niccolò e Matteo Polo.—Vanno da Costantinopoli alla corte dell'Imperatore della China.—Loro ricevimento alla corte di Kublai-Kan.—L'Imperatore li nomina suoi ambasciatori presso il papa.—Loro ritorno a Venezia.—Marco Polo.—Parte col padre Niccolò e lo zio Matteo per la residenza del re tartaro.—Il nuovo papa Gregorio X.—La relazione di Marco Polo scritta in francese, sotto suo dettato, da Rusticano da Pisa, (dal 1253 al 1324).

I mercanti genovesi e veneziani non potevano rimanere indifferenti alle esplorazioni che arditi viaggiatori tentavano nell'Asia centrale, l'India e la China. Essi comprendevano che queste contrade offrirebbero in breve un nuovo sfogo ai loro prodotti, e che, d'altra parte, utili immensi si ricaverebbero dall'importazione in Occidente di mercanzie di fabbricazione orientale. Gl'interessi del commercio dovevano quindi lanciare dei nuovi cercatori sulle vie delle scoperte. Queste furono le ragioni che decisero due nobili veneziani ad abbandonare la loro patria ed a sfidare tutte le fatiche e tutti i pericoli di quei perigliosi viaggi, allo scopo d'estendere le loro relazioni commerciali.

Questi due Veneziani appartenevano alla famiglia Polo, la quale traeva origine da Sebenico, in Dalmazia, ed erasi stabilita sino dal 1033 in Venezia. È nel secolo XIII che noi troviamo questa famiglia divisa in due rami; uno dei quali abitava nella contrada di San Felice, l'altro in quella di San Geremia.

I Polo di San Felice, datisi già da più anni al commercio, avevano in esso trovata larghissima fonte di ricchezze, che aveanli posti a livello delle famiglie patrizie di Venezia.

Nel 1260, i fratelli Niccolò e Matteo o Maffio, figliuoli di Andrea, che già prima del 1250 avevano stabilito un banco a Costantinopoli, terra più veneziana che greca dopo l'impresa del Dandolo, si recarono con una paccotiglia considerevole di gioielli nel Sudac, in Crimea, ove la loro casa possedeva un altro banco diretto da un loro fratello maggiore, Andrea Polo. Da quel punto, risalendo verso il nord-est, e traversando il paese di Comania, giunsero sul Volga, ove teneva il suo campo Berke-Kan signore dei Tartari occidentali. Questo principe mongollo accolse benissimo i due negozianti di

Venezia, e comperò i gioielli che gli offersero pel doppio del valore, facendo inoltre ad essi ricchissimi doni.

Niccolò e Matteo rimasero un anno nel campo mongollo; finchè, nel 1262, scoppiò una guerra tra Berke ed il principe Ulagù o Alau, signore dei Tartari di Levante, e conquistatore della Persia. I due fratelli, non volendo avventurarsi in mezzo a contrade battute dai Tartari, preferirono recarsi a Boukhara, che era la principale residenza di Berke, e colà rimasero tre anni e mezzo. Ma quando Berke fu vinto, e presa la sua capitale, un'ambasciata d'Ulagù invitò i due Veneziani a seguirli verso la residenza del Gran Kan dei Tartari, che avrebbe fatto loro ottima accoglienza. Kublai-Kan, quarto figlio di Gengis-Kan, era imperatore della China, e teneva allora la residenza d'estate in Mongolia, a Cai-ping-fu, sulla frontiera dell'impero Chinese.

I due mercanti veneziani partirono, e spesero un anno intero nel traversare quell'immensa estensione di paese che divide Boukhara dai confini settentrionali della China. Kublai-Kan fu lietissimo di ricevere quegli stranieri, venuti da paesi occidentali. Fece loro molte feste, e li interrogò con premura sugli avvenimenti che accadevano in Europa, chiedendo molti particolari intorno agli imperatori e re, alla loro amministrazione, ai loro metodi di guerra; poscia li intrattenne lungo tempo del pontefice e degli affari della Chiesa latina.

Matteo e Niccolò, già pratici degli usi tartareschi e della lingua, risposero francamente a tutte le domande dell'imperatore, al quale tanto piacquero i due Veneziani, che pensò d'inviarli come suoi ambasciatori a Sua Santità. I mercanti accettarono con riconoscenza, giacchè in tale alta condizione il loro ritorno doveva effettuarsi in condizioni vantaggiosissime.

Kublai-Kan fece stendere lettere in lingua turca, nelle quali chiedeva a Sua Santità Clemente IV, d'inviargli cento missionari per convertire gl'idolatri al cristianesimo; poscia licenziò i due Veneziani, dando ad essi per compagno di viaggio uno de' suoi baroni, chiamato Cogatal, ed incaricandoli di riportargli un vasetto dell'olio della lampada sacra che arde continuamente sulla tomba di Gesù Cristo a Gerusalemme.

I due fratelli, muniti di passaporto su tavoletta d'oro, che metteva a loro disposizione uomini e cavalli in tutta l'estensione dell'impero, presero congedo dal Gran Kan e si misero in viaggio nel 1266. In breve però il barone Cogatal cadde ammalato. I Veneziani, costretti a separarsi da lui, proseguirono il loro cammino, e, malgrado gli aiuti che ricevettero, impiegarono non meno di tre anni per giungere a Giazza, porto dell'Armenia Minore. Da Giazza si portarono ad Acri, ove arrivarono verso la fine dell'anno 1269. Colà seppero della morte di papa Clemente IV, verso il quale erano diretti. Ma il legato apostolico Tebaldo risiedeva in quella città; egli accolse i due Veneziani, e sentendo quale fosse la missione di cui il Gran Kan li aveva incaricati, li esortò ad attendere l'elezione del nuovo papa.

Matteo e Niccolò, assenti dalla loro patria da ben diciannove anni, pensarono, intanto che il nuovo pontefice fosse eletto, di rivedere Venezia e la famiglia. Si recarono a Negroponte, ove s'imbarcarono sopra una nave, che li condusse direttamente alla loro città natale.

Sbarcando, Niccolò apprese la morte di sua moglie e la nascita di un figlio, nato pochi mesi dopo la sua partenza, nel 1251. Quel figlio si chiamava Marco. Egli è ben da credere che al dolore del marito dovesse recare grande conforto la gioia del padre che trovava questo figliuolo, quasi a tenergli luogo della donna perduta. Durante due anni i fratelli Polo, cui stava a cuore di adempiere la loro missione, aspettarono a Venezia l'elezione del nuovo papa. Ma poichè questa tardava, parve loro di non poter più oltre differire il loro ritorno presso l'imperatore dei Mongolli; partirono quindi per Acri, nell'aprile 1271, conducendo seco il giovane Marco, che contava allora ben 19 anni. Ad Acri ritrovarono il legato Tebaldo, che li autorizzò a recarsi a Gerusalemme a prendere l'olio della lampada del Santo Sepolcro. Compiuta quella missione, i Veneziani fecero ritorno ad Acri, e mancando ancora il pontefice, chiesero al legato lettere per Kublai-Kan, nelle quali sembra fosse accennata la morte di Clemente IV. Tebaldo consegnò le lettere, ed i due fratelli tornarono a Giazza. Ivi, con grandissima gioja, seppero che il legato Tebaldo era stato consacrato papa, sotto il nome di Gregorio X, il 1 settembre 1271. Il nuovo pontefice li richiamò immediatamente, ed il re d'Armenia pose una galera a loro disposizione, perchè potessero recarsi più rapidamente ad Acri. Il papa li accolse con premura, consegnò loro lettere per l'imperatore della China, diè loro la compagnia di due frati predicatori, Niccolò da Vicenza e Guglielmo da Tripoli, e la sua benedizione.

Gli ambasciatori, accommiatatisi da Sua Santità, fecero ritorno ad Acri; ma appena giunti in quella città, poco mancò non cadessero prigionieri nelle mani di Boibar Bundoctari, Sultano mamelucco del Cairo, che infestava allora l'Armenia. Spaventati i due frati predicatori di quel brutto principio, rinunciarono a recarsi nella China, e lasciarono ai Veneziani la cura di consegnare all'imperatore mongollo le lettere del pontefice.

È qui che incominciano i grandi viaggi descritti da Marco Polo, dei quali noi parleremo in progresso. Ha egli realmente visitato tutti i paesi e tutte le città ch'egli descrive? No, senza dubbio; e nella sua narrazione, scritta in francese sotto suo dettato da Rusticano da Pisa, è formalmente dichiarato che «Marco Polo, savio e nobile cittadino di Venezia, vide tutto co' propri occhi, e quello che non vide lo seppe dalla bocca di uomini degni di fede.» Ma aggiungiamo che la maggior parte delle città e paesi descritti da Marco Polo vennero realmente da lui percorse. Seguiremo quindi l'itinerario com'è tracciato nel suo racconto, indicando soltanto ciò che il celebre viaggiatore seppe da altri durante le importanti missioni di cui lo incaricò l'imperatore Kublai-Kan. In questo secondo viaggio i Veneziani non seguirono esattamente la medesima strada che Matteo e Niccolò avevano presa recandosi la prima volta verso l'imperatore della China. Essi erano passati a settentrione dei monti Celesti, che sono i monti Thiânscian-pe-lu; il che aveva allungato il loro cammino. Questa volta piegarono a mezzodì pei monti stessi; eppure, benchè quella strada fosse più corta dell'altra, impiegarono non meno di tre anni a percorrerla, a cagione delle pioggie e degli straripamenti dei grandi fiumi. Sarà facile seguire questo itinerario sopra una carta dell'Asia, dacchè ai nomi antichi della storia di Marco Polo, non facili ad intendersi nel suo libro, nel quale non è seguíto l'ordine del viaggio, ed è fatta confusione delle cose udite e delle vedute, abbiamo sostituito dappertutto i nomi esatti della cartografia moderna.

CAPITOLO II.

L'Armenia Minore.—La Turcomania.—L'Armenia Maggiore.—Il monte Ararat.—La Georgia.—Mussul, Bagdad, Bassora, Tauris.—La Persia.—La Provincia di Kirman.—Comadi.—Ormuz.—Il Vecchio della Montagna.—Cheburgan.—Balk.—Il Balacian.—Cascemir.—Casceegar.—Samarcanda.—Cotan.—Il deserto.—Tangut.—Caracorum.—Signan-fu.—Tenduc.—La grande Muraglia della China.—Ciandu, la città attuale di Sciang-tu.—La residenza di Kublai-Kan.—Cambaluc, attualmente Pekino.—Le feste dell'Imperatore.—Sue caccie.—Descrizione di Pekino.—La zecca ed i biglietti di banca chinesi.—Le poste dell'Impero.

Nel lasciare la città di Isso, Marco Polo parla dell'Armenia Minore come d'un paese assai insalubre, i cui abitanti, un tempo valorosi, ora sono divenuti vili e molto tristi, nè sanno far altro che ubbriacarsi. Questa provincia, ch'è retta da un governatore in nome del Gran-Kan, ha molte città e castella, abbonda d'ogni cosa ed in ispecial modo di cacciagione. In quanto al porto d'Isso, dice ch'è il deposito delle preziose mercanzie dell'Asia, ed il ritrovo dei mercanti d'ogni paese. Dall'Armenia Minore Marco Polo passa alla Turcomania, ove annovera tre generazioni di popoli: i Turcomanni propriamente detti, seguaci di Maometto, le cui tribù, semplici e alquanto selvagge, posseggono pascoli eccellenti ed allevano cavalli e muli di gran valore; gli Armeni ed i Greci, che dimorano in ville e castelli e sono abilissimi nel fabbricare tappeti e stoffe di seta. L'Armenia Maggiore, che Marco Polo visitò in seguito, è una vasta provincia che ha per capitale Arzinga, città ove, al dire del Veneziano, si fabbrica il miglior boccassino del mondo. Questa provincia offre, durante l'estate, un accampamento favorevole ai Tartari del levante, pei pascoli eccellenti che vi si trovano. Ivi il viaggiatore vide il monte Ararat, sul quale, a seconda delle tradizioni bibliche, posò l'Arca di Noè dopo il diluvio; egli accenna alle terre confinanti col mar Caspio, ove dice trovarsi una fontana dalla quale sgorga dell'olio di nafta (petrolio) in tanta abbondanza, che cento navi se ne caricherebbero alla volta. Queste sorgenti sono oggetto d'un importantissimo commercio.

Marco Polo, lasciando l'Armenia Maggiore, si diresse pel nord-est verso la Georgia, reame che si stende sul versante meridionale del Caucaso, governato da un re, tributario ai Tartari di levante, per nome David Melic, ch'è quanto dire, Davide re. Secondo una tradizione, gli antichi re di questo paese nascevano «con una figura d'aquila disegnata sotto la spalla destra.» I Georgiani, dice il Polo, sono bella gente, prodi in arme e valentissimi arcieri. Sono cristiani e vivono a mo' dei Greci. Gli operai del paese fabbricano magnifiche stoffe di seta e d'oro. Là si vede quella celebre gola lunga quattro leghe, posta tra il piede del Caucaso ed il mar Caspio, che i Turchi chiamano la porta di Ferro, e gli Europei il Passo di Derbend. È là che si vede anche il monastero di S.

7

Leonardo, ai piedi del quale si stende quel lago miracoloso in cui dicono si trovi pesce soltanto in quaresima.

Da questo punto, i viaggiatori discesero verso il reame di Mussul e guadagnarono la città di questo nome, posta sulla riva destra del Tigri; poscia Bagdad, residenza del califfo di tutt'i Saraceni del mondo. Qui Marco Polo racconta la presa di Bagdad, fatta dai Tartari nel 1258, capitanati da Hulakù o Ulagù, figlio di Taulai e fratello di Mangu-Kan; e cita una storia maravigliosa in appoggio a quella massima cristiana di fede che solleva le montagne; poscia indica ai mercanti la via che corre da questa città al golfo Persico, e che si fa in diciotto giorni discendendo il fiume, attraversando Bassora ed il paese dei datteri.

Da Bagdad a Tauris, città persiana della provincia d'Adzerbaidjan, l'itinerario di Marco Polo sembra interrotto.—Checchè ne sia, lo ritroviamo a Tauris, città vasta e commerciale, costrutta in mezzo a bei giardini, che fa commercio di pietre preziose e d'altre merci di valore; ma i suoi abitanti, saraceni, sono malvagi e sleali. È in questo punto che Marco stabilisce la divisione della Persia in otto provincie. Secondo lui, gli indigeni persiani sono nemici molestissimi pei negozianti, i quali non possono viaggiare senza essere armati d'archi e di freccie. Il principale commercio del paese è quello dei cavalli e degli asini che vengono inviati al mercato di Kis o di Ormuz, e di là alle Indie. In quanto alle produzioni del suolo, consistono in frumento, in orzo, in miglio ed in uve, che crescono in abbondanza.

Marco Polo discese al sud sino a Yezd, la città più orientale della Persia propriamente detta; buona città, nobile ed industriale. Allorchè ne uscirono, i viaggiatori dovettero cavalcare per sette giorni attraverso magnifiche foreste piene di selvaggina, per giungere alla provincia di Kirman. Ivi i minatori raccolgono nelle montagne delle turchesi, ferro ed antimonio. I ricami ad ago, la fabbricazione di bardature ed armi, l'allevamento dei falchi da caccia, occupano gran numero di abitanti.—Lasciata Kirman, Marco Polo ed i suoi due compagni impiegarono nove giorni a traversare un paese ricco e popoloso, e giunsero alla città di Comadi, che si crede sia la moderna Memaum, allora già molto decaduta. La campagna era bellissima; dovunque bei montoni grossi e pingui, buoi bianchi come la neve, con corna corte e grosse; starne ed altri uccelli a migliaia; alberi magnifici, specialmente datteri, aranci e pistacchi.

Dopo cinque giorni di viaggio verso il mezzodì, i tre viaggiatori entrarono nella bella pianura di Formosa, oggidì conosciuta sotto il nome di Ormuz, bagnata da belle riviere. Dopo due giorni ancora di viaggio, Marco Polo si trovò alle rive del golfo Persico, e presso la città di Ormuz, che forma il porto marittimo del regno di Kirman. Quel paese gli parve caldissimo ed insalubre, ma ricco di datteri e d'altri alberi fruttiferi, di gemme, stoffe di seta e d'oro, denti d'elefante e vino di palme. Il porto era frequentato da molte navi ad un albero e ad una sol vela, le cui tavole erano unite con fili di corteccia e non inchiodate; laonde molte perivano nell'attraversare il mare indiano.

Da Ormuz, Marco Polo, risalendo verso il nord-est, tornò a Kirman; quindi si avventurò, per sentieri pericolosi, attraverso un arido deserto, ove non si trova che acqua salmastra; quello stesso deserto che, 1500 anni prima, Alessandro superò col suo esercito, tornando dalle bocche dell'Indo, per raggiungere l'ammiraglio Nearco. Sette giorni dopo, Marco Polo entrò nella città di Kabis, sulla frazione del regno di Kirman. Traversò poi un altro deserto, ed in otto giorni risalì sino a Tonocain, che dev'essere l'attuale capitale della provincia di Kumis, cioè Damaghan. Qui Marco Polo dà alcune notizie intorno al Vecchio della Montagna, il capo degli Hashishins (donde venne il nome di assassino), setta maomettana che si segnalò pel suo fanatismo religioso e per le sue crudeltà spaventevoli. Dopo sei giorni di cammino, entrò in Supunga (la Shibbergam dei moderni), la città per eccellenza, ove i poponi sono più dolci del miele, e nella nobile città di Balkh, verso le sorgenti dell'Oxo. Quindi, traversato un paese ove s'incontrano non di rado leoni, giunse a Taikan, gran mercato di sale, che attira gran numero di trafficanti, ed a Scasem, che alcuni commentatori ritengono sia la moderna Koondooz. In quella contrada si trovavano molti porcispini, e quando si dava loro la caccia, dice Marco, quegli animali, unendosi tutti, lanciavano contro i cani i dardi che portano sul dorso e sui fianchi. È noto ora che questa pretesa facoltà difensiva del porcospino è da porsi nel novero delle favole.

I viaggiatori entrarono quindi sul territorio montuoso di Balacian, contrada fredda, che produce buoni cavalli, gran corridori, falchi dal lungo volo, ed ogni specie di selvaggina. Ivi esistono miniere di rubini, che il re fa scavare a suo profitto in una montagna chiamata Sighinan, sulla quale nessuno può metter piede sotto pena di morte. Si raccoglie pure, in altri luoghi, argento, ed altre pietre colle quali si fa «d'azzurro migliore e più fino del mondo,» cioè il lapislazzuli. A dieci giornate da Balacian s'incontra una provincia, che dev'essere la moderna Paishore, i cui abitanti idolatri hanno la pelle scurissima e vivono di carne e riso; poi, verso mezzodì, il regno di Cascemire, paese temperato, che ha molte città e villaggi, ed il cui territorio, frastagliato da gole di monti, è facile a difendere. Giunto a questo punto, se Marco Polo avesse proseguito più oltre nella stessa direzione, sarebbe entrato nel territorio dell'India; ma egli risalì invece verso il nord, e dopo dodici giorni si trovò sul territorio di Vaccan, in mezzo a magnifici pascoli, ove erravano sterminate greggie di montoni selvatici chiamati mufloni. Di là, attraversando le contrade di Pamer e di Belor, territorî montuosi tra i sistemi orografici dell'Altai e dell'Imalaia, giunsero, dopo quaranta giorni di faticose marcie, alla provincia di Kaschgar.

È là che Marco raggiunse l'itinerario di Matteo e Niccolò Polo durante il loro primo viaggio, quando da Boukhara furono condotti alla residenza del Gran-Kan. Da Kaschgar Marco Polo si avanzò all'ovest, fino a Samarcanda, grande città, abitata da cristiani e da saraceni; quindi toccò Yarkund, città frequentata dalle carovane che fanno il commercio tra l'India e l'Asia settentrionale; traversando quindi Cotam, Pein, città che i moderni commentatori non si accordano nello stabilire a quale corrisponda, posta in una contrada ove si raccoglie in abbondanza il diaspro ed il calcedonio, giunse ad un certo regno di Ciarcian, che alcuni commentatori ritengono sia la città detta Karashehr, che significa città nera, descritta come posta sopra un gran fiume navigabile, formato dalla congiunzione dei due fiumi che vengono rispettivamente dal Koten e dal Yarkand; poi, dopo un cammino di cinque giorni attraverso sabbiose pianure prive d'acqua potabile, venne a riposarsi per otto giorni nella città di Lob, ora distrutta. Ivi fece i suoi preparativi per attraversare il deserto che si stende verso Oriente, «deserto sì grande, dice egli, che occorrerebbe un anno per attraversarlo; deserto popolato da spiriti, ed in mezzo al quale risuonano tamburi invisibili, ed altri instrumenti».

Dopo un mese impiegato nel traversare quel deserto nella sua larghezza, i tre viaggiatori giunsero nella provincia di Tangut, alla città di Cha-tcheou, posta al limite occidentale dell'impero chinese. Questa provincia ha pochi commercianti, chè gli abitanti, la maggior parte idolatri, vivono dei prodotti dell'agricoltura. Fra i costumi di Tangut, che fecero maggiore impressione su Marco Polo, dobbiamo citare quello di non ardere i cadaveri dei morti se non nei giorni fissati dagli astrologi; «e tutto il tempo che il morto resta in casa, quegli della casa fanno mettere una tavola dinanzi alla cassa dov'è il morto, con vino, pane e vivande, com'egli fosse vivo; e questo fanno ogni dì, infino a che si dee ardere.»

Verso il nord-ovest, all'uscir dal deserto, Marco Polo ed i suoi compagni fecero un'escursione sino a Kamil (l'Hamil dei Chinesi), città fondata in mezzo a due deserti, abitata da idolatri che non conoscono alcun vincolo di matrimonio. Da Kamil si spinsero sino a Chingitalas, città sulla quale non sono ancora riusciti ad accordarsi i commentatori, abitata da idolatri, maomettani e cristiani nestoriani. «Quivi, dice il Polo, ha montagne ove sono buone vene d'acciaio e d'andanico, e in questa montagna è un'altra vena, della quale si fa salamandra.»

Da Chingitalas, Marco Polo ritornò a Chatcheou e riprese la sua via verso l'est, traverso il Tangut, per la città di Succiur, sopra un territorio coltivato a rabarbaro. «E quivi, dice Marco, si truova il rebarbero in grande abbondanza, e quivi lo comperano i mercatanti, e portanlo per tutto il mondo.» Da Succiur passò a Champicion, la Kam-ceu-fu dei Chinesi, allora capitale di tutto il Tangut. Era una città importante, popolata da ricchi capi idolatri, che erano poligami, e sposavano per lo più le loro cugine o le zie. I tre

Veneziani rimasero un anno in quella città. Queste lunghe fermate, e le frequenti deviazioni dal loro cammino, spiegano perchè il loro viaggio traverso l'Asia centrale durò più di tre anni. Uscito da Kam-ceu-fu, dopo aver viaggiato per dodici giornate, a cavallo, Marco Polo giunse sul limite d'un deserto di sabbia alla città d'Etzina; era un'altra deviazione, giacchè egli saliva direttamente al nord; ma al viaggiatore stava a cuore di visitare la celebre città di Caracorum, questa capitale tartara che Rubruquis aveva visitata nel 1254.

Marco Polo aveva certo gl'istinti dell'esploratore, e non badava a fatiche quando si trattava di completare i suoi studî geografici. In quella circostanza, per giungere alla città tartara, dovette camminare quaranta giorni in un deserto senza abitazioni e senza arbusti.

Giunse finalmente a Caracorum. Era una città di tre miglia di circonferenza. Dopo essere stata per lungo tempo la capitale dell'impero mongollo, fu conquistata da Gengis-Kan, avo dell'imperatore allora regnante. Qui Marco Polo fa una digressione storica, in cui narra la ribellione e le gesta dell'eroe tartaro contro quel famoso Prete Gianni, che teneva tutto il paese sotto la sua dominazione.

Marco Polo, tornato a Kam-ceu-fu, viaggiò verso l'est, ed arrivò alla città d'Erginul, che è probabilmente la città di Liang-ceu, i cui abitanti si dividono in idolatri, cristiani nestoriani e maomettani. Di là si spinse alquanto verso il sud, per visitare Si-gnan-fu; passò traverso un territorio ove pascevano buoi selvaggi grossi come elefanti, ed il prezioso capretto che fu poi chiamato portamuschio. Ritornati a Liang-ceu, in otto giorni i viaggiatori si portarono verso l'est a Cialis, ove si fabbricano i migliori cambellotti di pelo di cammello; quindi nella provincia di Tenduc, nella città dello stesso nome, ove regnava un discendente del Prete Gianni, per nome Giorgio, tributario però del Gran Kan. Era una città industriale e commerciante, ove, al dire di Marco Polo, «sonvi gli più bianchi uomeni del paese e più belli, e i più savi, e più uomeni mercatanti.» Di là, facendo un angolo verso il nord, i Veneziani s'innalzarono per Sinda-cheu, al di là della gran Muraglia della China, sino a Ciagannor, che dev'essere Tsaan-Balgassa, bella città sul lago Ciagan-noor, ove risiede volentieri l'imperatore quando desidera divertirsi alla caccia del girifalco, giacchè abbondano su quel territorio le gru, le cicogne, i fagiani e le pernici.

Finalmente, tre giorni dopo aver lasciato Ciagannor, Marco Polo, col padre e lo zio, giunse a Giandu, l'attuale Chang-tou o Sciang-tu, ch'è la stessa città chiamata dal Polo anche Cle-men-fu. Ivi gl'inviati del pontefice furono ricevuti da Kublai-Kan, che allora abitava quella residenza d'estate, posta al di là della gran Muraglia, al nord di Cambaluc, ora Pekino, capitale dell'impero. Il viaggiatore parla poco dell'accoglienza che gli venne fatta, ma descrive con minuziosa cura il palagio del Kan, grande edifizio di pietre e di marmo, le cui camere sono interamente dorate.

Questo palazzo è costrutto in mezzo ad un parco cinto da mura, ove si vedono serragli di bestie e fontane, ed inoltre un edificio costrutto con canne così ben intrecciate, che sono impenetrabili all'acqua: era una specie di padiglione che si poteva smontare, nel quale il Kan abitava nei mesi di giugno, luglio ed agosto, cioè nella buona stagione. Tale stagione doveva esser buona infatti, giacchè, a quanto scrive Marco Polo, degli astrologi addetti alla persona del Kan erano incaricati di dissipare coi loro sortilegi qualunque pioggia, nebbia o intemperie. Sembra che il Veneziano non mettesse in dubbio il potere di quei maghi. «Questi savi uomini sono chiamati Tebot e Quesmur, e sanno più d'arte del diavolo che tutta l'altra gente, e fanno credere alla gente, che questo avviene per santità. E questa gente medesima, ch'io v'ho detto, hanno una tale usanza, che quando alcuno uomo è morto per la signoria, egli il fanno cuocere e mangianlo, ma no se morisse di sua morte; e sono sì grandi incantatori, che quando il Gran Kan mangia in sulla mastra sala, gli coppi pieni di vino e di latte e di altre loro bevande, che sono d'altra parte della sala, si gli fanno venire senza che altri gli tocchi, e vegnono dinanzi al Gran Kan, e questo vegiono bene X mila persone: e questo è vero senza menzogna; e questo ben si può fare per negromazia.»

Il Veneziano parla anche di altri monaci che menano una vita di continue privazioni, cibandosi di crusca bagnata nell'acqua, digiunando buona parte dell'anno, e tenendosi molte ore in adorazione innanzi agli idoli ed al fuoco. «Egli hanno badie o monisteri (così il Polo); e si vi dico, che v'ha una piccola città che hae uno monistero che hanno piue di cc monaci, e vestonsi più onestamente che tutta l'altra gente.»

Marco Polo narra quindi la storia dell'imperatore Kublai, il più potente degli uomini, che possiede più terre e tesori di qualunque uomo da Adamo in poi. Narra come il Gran Kan avesse allora ottantacinque anni; fosse un uomo di mediocre statura, pingue, ma ben proporzionato delle membra, dal volto bianco e roseo, dai begli occhi neri; come salisse al trono l'anno 1256 dalla nascita di Cristo. Era buon capitano in guerra, e lo provò quando suo zio Naian, che governava pel nipote alcune provincie dell'impero, sollevatosi contro di lui, volle disputargli il trono alla testa di quattrocentomila cavalieri. Kublai-Kan, riuniti in segreto trecentosessantamila uomini a cavallo e centomila a piedi, mosse contro lo zio, e lo sorprese sopra una gran pianura, ove il ribelle, di nulla sospettando, se ne stava tranquillamente accampato. Terribile fu la battaglia. «Vi morirono tanta gente, tra dell'una e dell'altra parte, che ciò sarebbe meraviglia a credere. Kublai-Kan rimase vincitore, e Naian, fatto prigione, fu messo in su uno tappeto, e tanto fu pallato, e menato in qua e in là che egli morío: e cioè fece, che non voleva che 'l sangue del lignaggio dello imperatore facesse lamento all'aria; e questo Naian era di suo lignaggio.» Dopo quella vittoria, l'imperatore rientrò trionfante nella città capitale del Catai, chiamata Cambalu, che divenne poi l'attuale Pekino. Giunto in questa città, Marco Polo dovè rimanervi a lungo, sino all'istante in cui venne incaricato di varie missioni nell'interno dell'impero. È a Cambalu che sorgeva il magnifico palagio dell'imperatore, di cui il Veneziano fa la seguente descrizione, che noi togliamo dal Codice Magliabeccano, e che darà esatta idea dell'opulenza di quel sovrano mongollo: «Sappiate veramente che 'l Gran Cane dimora nella mastra città, ch'è chiamata Combalu, tre mesi dell'anno, cioè dicembre, gennaio, febbraio, e in questa città ha suo grande palagio: ed io vi diviserò com'egli è fatto. Lo palagio è di muro quadro, per ogni verso un miglio, e in su ciascuno canto di questo palagio è uno molto bel palagio, e quivi si tiene tutti gli arnesi del Gran Cane, cioè archi, turcassi e selle e freni, corde e tende, e tutto ciò che bisogna ad oste ed a guerra. E ancora tra questi palagi hae quattro palagi in questo cercóvito, sì che in questo muro attorno attorno sono otto palagi, e tutti sono pieni d'arnesi, e in ciascuno ha pur d'una cosa. E in questo muro verso la faccia del mezzodì, hae cinque porte, e nel mezzo è una grandissima porta, che non s'apre mai nè chiude se non quando il Gran Cane vi passa, cioè entra e esce. E dal lato a questa porta ne sono due piccole, da ogni lato una, onde entra tutta l'altra gente. Dall'altro lato n'hae un'altra grande, per la quale entra comunemente tutta l'altra gente, cioè ogni uomo. E dentro a questo muro hae un altro muro, e attorno attorno hae otto palagi come nel primaio, e così son fatti; ancora vi stae gli arnesi del Gran Cane.»

Fin qui, come si vede, tutti quei palagi costituiscono le rimesse e le armerie dell'imperatore. Ma non farà meraviglia quel gran numero di arnesi, ove si sappia che il Gran Kan possedeva una razza di cavalli bianchi come la neve, fra cui diecimila giumente, il cui latte era esclusivamente riserbato ai principi di sangue reale.

Marco Polo continua in questi termini:—«Nella faccia verso mezzodie ha cinque porti, nell'altra pure una, e in mezzo di questo muro èe il palagio del Gran Cane, ch'è fatto com'io vi conterò. Egli è il maggiore che mai fu veduto, egli non v'ha palco, ma lo ispazzo èe alto più che l'altra terra ben dieci palmi; la copritura è molto altissima. Le mura delle sale e delle camere sono tutte coperte d'oro e d'ariento; havvi iscolpite belle istorie di donne, di cavalieri, e d'uccelli e di bestie e di molte altre belle cose; e la copritura èe altresì fatta che non vi si può vedere altro che oro e ariento. La sala è sì lunga e sì larga, che bene vi mangiano sei mila persone, e havvi tante camere, ch'è una maraviglia a credere. La copritura di sopra, cioè di fuori, è vermiglia e bionda e verde, e di tutti altri colori, ed è sì bene invernicata, che luce come oro o cristallo, sì che molto dalla lungie si vede lucere lo palagio. La copritura è molto ferma. Tra l'uno muro e l'altro, dentro a quello ch'io v'ho contato di sopra, havvi begli prati e albori, e havvi molte maniere di bestie selvatiche: cioè cervi bianchi, cavriuoli e daini, le bestie che fanno il moscado, vaj e ermellini e altre belle bestie. La terra dentro di questo giardino è tutta piena dentro di queste bestie, salvo la via donde gli uomeni entrano; e dalla parte verso il maestro ha un lago molto grande, ove hae molte generazioni di pesci. E sì vi dico che un gran fiume vi entra e esce, ed èe sì ordinato, che niuno pesce ne puote uscire (e havvi fatto mettere molte generazioni di pesci in questo lago); e questo è con rete di ferro. Anche vi dico, che verso tramontana, da lungi dal palagio una arcata, ha fatto fare un monte, ch'è alto bene cento passi, e gira bene un miglio; lo quale monte è pieno d'albori tutto quanto, che di niuno tempo perdono foglie, ma sempre son verdi. E sappiate, che quando è detto al Gran Kan di uno bello albore, egli lo fa pigliare con tutte le barbe e con molta terra, e fallo piantare in quel monte, e sia grande quanto vuole, ch'egli lo fa portare a' leonfanti. E sì vi dico, ch'egli ha fatto coprire tutto il monte della terra dello azzurro ch'è tutta verde, sì che nel monte non ha cosa se non tutta verde, perciò si chiama lo monte verde. E in sul colmo del monte è un palagio molto grande, sì che a guatarlo è una grande maraviglia, e non è uomo che 'l guardi, che non ne prenda allegrezza; e per avere bella vista l'ha fatto fare il Gran Signore per suo conforto e sollazzo. Ancora vi dico, che appresso di questo palagio vi hae un altro nè più nè meno fatto, ove istà lo nipote del Gran Cane, che dee regnare dopo lui, e questi è Temur figliuolo di Cinghis, ch'era lo maggiore figliuolo del Gran Cane; e questo Temur che dee regnare tiene tutta la maniera del suo avolo, e ha già bolla d'oro e sugiello d'imperio, ma non fa l'uficio finchè l'avolo è vivo.»

Dopo il palazzo del Kan e del suo erede, Marco Polo passa a descrivere la città di Cambalu, città antica, che ha un circuito di ventiquattro miglia, cioè sei miglia per ogni lato, essendo di forma quadrata, e che è separata dalla moderna di Taidu da un canale, che divide l'odierna Pekino in città chinese e città tartara. Il viaggiatore, sottile osservatore, ci istruisce poi dei fatti e delle gesta dell'imperatore. Giusta la sua relazione, Kublai-Kan avrebbe una guardia d'onore di dodicimila cavalieri chiamati Tau, che significa cavalieri fedeli del signore, sotto il comando di quattro capitani; «e questo non fae per paura.» I suoi pasti sono vere cerimonie, regolate da una severa etichetta. Alla sua tavola, che è più alta delle altre, egli siede al nord, avendo a sinistra la sua prima moglie, a destra e più basso i figli, i nipoti, i parenti; è servito dai più nobili baroni, che hanno cura di turarsi la bocca ed il naso con bei drappi di seta «acciò che lo loro fiato non andasse nelle vivande del signore.» Quando l'imperatore s'accinge a bere, tutti gli strumenti suonano, e quando tiene in mano la tazza tutti i baroni e spettatori s'inginocchiano umilmente. Parlando della vita domestica del Gran Kan, il Polo osserva che «egli hae quattro femmine, le quali tiene per sue diritte mogli. E 'l maggiore figliuolo, ch'egli ha di queste quattro mogli, dee essere signore, per ragione, dello imperio dopo la morte del suo padre. Elle sono chiamate imperadricie, e ciascuna è chiamata per suo nome, e ciascuna di queste donne tiene corte per sè; e non ve n'ha niuna che non abbia trecento donzelle, e hanno molti valletti e scudieri, e molti altri uomeni e femmine, sì che ciascuna di queste donne ha bene in sua corte mille persone. E sappiate che il Gran Cane ha ancora molte amiche, e che ha venticinque figliuoli di sue amiche, e ciascuno è gran barone; e ancora dico che degli ventidue figliuoli ch'egli ha delle quattro mogli, gli sette ne sono re di grandissimi reami, e tutti mantengono bene loro regni, come savi e prodi uomeni che sono.» Le principali feste del Gran Kan sono date da lui medesimo, una il giorno anniversario della sua nascita, l'altra al principio d'ogni anno. Alla prima figurano intorno al trono dodicimila baroni, ai quali l'imperatore offre annualmente centocinquantamila vestimenta di drappo di seta d'oro ornati in perle; mentre i sudditi, idolatri o cristiani, fanno pubbliche preghiere. Alla seconda festa, al capo d'anno, chiamata dal Polo la bianca festa, l'intera popolazione, uomini e donne, si vestono in abiti bianchi, perchè, secondo la tradizione, il bianco porta fortuna, e ciascuno porta al sovrano doni di grandissimo valore in oro, argento, perle e stoffe preziose. Diecimila cavalli bianchi, cinquemila elefanti coperti di magnifici drappi e portanti vasellami d'oro e d'argento, ed un numero ingente di cammelli sfilano innanzi all'imperatore. La festa si chiude con pubbliche preghiere, e per ultimo con un sontuoso banchetto che il Gran Kan dà ai dignitarî principali della sua corte e del suo regno.

Durante i mesi di dicembre, gennaio e febbraio, che il Gran Kan passa nella sua città d'inverno, tutti i signori, entro un raggio di sessanta giornate di cammino, sono obbligati a provvederlo di cinghiali, cervi, daini, caprioli ed orsi. Inoltre Kublai stesso è gran cacciatore, ed il suo servizio da caccia è veramente superbo. Egli ha leopardi, lupi cervieri, grandi leoni addestrati a prendere fiere, aquile abbastanza forti per cacciare i lupi, volpi, daini, caprioli; e finalmente cani che si contano a migliaia. È verso il mese di marzo che l'imperatore incomincia le sue grandi caccie, dirigendosi verso il mare, ed è accompagnato almeno da diecimila falconieri con cinquecento girofalchi, una quantità innumerevole di astori, falchi pellegrini e falchi sacri. Durante quella gita il re tartaro, che si compiace di tutto il lusso della pompa orientale, è seguíto da un palazzo portatile posto su quattro elefanti accoppiati, coperto da pelli di leoni, e foderato da drappo d'oro. Egli procede così fino al campo di Chakiri-Mondu, alle sorgenti del fiume Usuri, nella Manciuria, ed ivi rizza la sua tenda, abbastanza vasta da capire diecimila cavalieri o baroni. Ivi è la sua sala da ricevimento; ivi dà le sue udienze. Quando vuole ritirarsi o dormire, trova in un'altra tenda una sala meravigliosa tappezzata da pelliccie d'ermellino e di zibetto, di cui ciascuna vale duemila bisanti d'oro, circa ventimila franchi. L'imperatore rimane così fino a Pasqua, cacciando gru, cigni, lepri, daini, caprioli, quindi ritorna verso la sua metropoli di Cambalu. Parlando delle leggi che regolano la caccia, il Polo così si esprime: «Ancora sappiate, che in tutte le parti ove il Gran Cane ha signoria, niuno nè barone nè alcuno altro uomo non può prendere, nè cacciare nè lepre nè daini nè cavriuoli nè cierbi, nè di niuna bestia che moltiplichi, dal mese di marzo infino all'ottobre. E chi contra ciò facesse, sarebbe bene punito. E si vi dico ch'egli è sì bene ubbidito, che le lepre e daini e cavriuoli e l'altre bestie, ch'io v'ho contato, vegniono più volte insino all'uomo, e non le tocca, e non le fa male.»

Marco Polo completa in questo punto la descrizione di questa magnifica città. Egli enumera i dodici sobborghi che la compongono, nei quali i più ricchi mercanti fanno fabbricare magnifici palagi. Questa città è commerciale al massimo grado: vi affluiscono le più preziose mercanzie come in nessun' altra città del mondo. Mille carri carichi di seta vi entrano ogni giorno; è il deposito ed il mercato dei più ricchi prodotti dell'India, come le perle e le pietre preziose, e vi accorre gente a comperare da oltre duecento leghe tutto all'intorno. Per provvedere ai bisogni del commercio, il Gran Khan ha stabilito quindi una zecca, ch'è per lui una sorgente perenne di ricchezze. Aggiungeremo che questa moneta non è altro che un biglietto di banca, lo stesso di cui oggidì ogni nazione ha portato il proprio contingente sui mercati europei. Ma qui lasciamo ancora la parola al Veneziano: «Il Gran Kan fa prendere iscorza d'uno albore ch'à nome gelso; è l'albore, le cui foglie mangiano gli vermini che fanno la seta. E colgono la buccia sottile, ch'è tra la buccia grossa e l'albore, o vogli tu legno dentro, e di quella buccia fa fare carte, come di bambagia, e sono tutte nere. Quando queste carte sono fatte così, egli ne fa delle piccole, che vagliono una medaglia di tornesello piccolo, e l'altra vale un tornesello, e l'altra vale un grosso d'argento da Vinegia, e l'altra un mezzo, e l'altra due grossi, e l'altra cinque, e l'altra dieci, e l'altra un bisante d'oro, e l'altra due, e l'altra tre: e così va infino in dieci bisanti. E tutte queste carte sono sugiellate col sugiello del Gran Sire, e hanne fatte fare tante, che tutto il suo tesoro ne pagherebbe. E quando queste carte son fatte, egli ne fa fare tutti i pagamenti, e fagli ispendere per tutte le provincie e regni e terre dov'egli ha signoria; e nessuno gli osa rifiutare, a pena della vita. E sì vi dico, che tutte le genti e regni che sono sotto sua signoria si pagano di questa moneta, d'ogni mercatanzia di perle, d'oro e d'ariento e di pietre preziose, e generalmente d'ogni altra cosa, e sì vi dico che la carta che si mette per dieci bisanti, non ne pesa uno; e sì vi dico che gli mercatanti le più volte cambiano questa moneta a perle, o a oro, e altre cose rare. E molte volte è recato al Gran Sire per gli mercatanti tanta mercatanzia in oro e in ariento che vale quattrocentomila di bisanti; e 'l Gran Sire fa tutto pagare di quelle carte; e' mercatanti le pigliano volentieri, perchè le spendono per tutto il paese. E molte volte fa bandire il Gran Cane, che ogni uomo che ha oro e ariento, perle o pietre preziose o alcuna altra cara cosa, che incontanente la debbiano avere apresentata alla tavola del Gran Sire, ed egli lo fa pagare di queste carte; e tanto gliene viene di questa mercatanzia, ch'è un miracolo. E quando ad alcuno si rompe o guastasi niuna di quelle carte, egli va alla tavola del Gran Sire, e incontanente gliene cambia, ed ègli data bella e nuova ma si gliene lascia tre per cento. Ancora sappiate, che se alcuno vuol fare vasellamenta d'ariento o cinture, egli va alla tavola del Gran Sire, ed ègli dato per queste carte ariento quant'e' ne vuole, contandosi le carte secondo che si ispendono. E questa è la ragione perchè il Gran Sire dee avere più oro e più ariento, che signore del mondo.»

Secondo Marco Polo, il sistema del governo imperiale riposa sopra una centralizzazione eccessiva. Il reame, diviso in 34 provincie, è amministrato da dodici nobilissimi baroni, che abitano nella stessa città di Cambalu; ivi, nel palazzo di questi baroni, dimorano gli intendenti e gli impiegati tutti che trattano gli affari d'ogni singola provincia. Intorno alla città si diramano molte strade ben tenute, che metton capo ai diversi punti del regno. Su queste strade, ad ogni ventidue miglia, sorgono stazioni postali; ed in essa duecentomila cavalli sono sempre pronti a trasportare i messaggieri dell'imperatore. Più, fra le stazioni, ad ogni tre miglia, trovasi un villaggio composto di circa quaranta case, in cui abitano i corrieri che portano a piedi i messaggi del Gran Kan. Questi uomini, con cinghie al ventre, col capo compresso da una benda, hanno una cintura munita di campanelli che li fa udire da lontano; partono al galoppo, fanno rapidamente le tre miglia, rimettono il messaggio al corriere che li attende, e per tal modo l'imperatore riceve in un giorno ed una notte le notizie da dieci giornate di distanza. Questo mezzo di comunicazione costa ben poco a Kublai-Kan, perchè egli si limita, per retribuzione, ad esentuare dalle imposte i corrieri; in quanto ai cavalli delle stazioni, sono somministrati gratuitamente dagli abitanti delle provincie.

Ma se il re tartaro usa in maniera così assoluta del suo potere, se fa pesare sì gravi imposte sui propri sudditi, d'altra parte s'occupa attivamente dei loro bisogni, e sovente viene loro in aiuto. Quando la grandine ha devastato le messi, non solo egli non esige l'usato tributo, ma fa distribuire grano ai suoi sudditi, tolto ai suoi granai. Quando una mortalità accidentale ha colpito i bestiami d'una provincia, egli ne la riprovvede a sue spese. Ha cura, nelle buone annate, di mettere nei granai un'enorme quantità d'orzo, di miglio, di frumento, di riso ed altre derrate, in modo da mantener i grani ad un prezzo mite in tutto l'impero. Inoltre, porta particolare affetto ai poveri della sua buona città di Cambalu. «Ora vi conterò, dice il Polo, come il Gran Cane fa carità alli poveri che stanno a Cambulù. A tutte le famiglie povere della città, che sono in famiglia sei o sette, o più o meno, che non hanno che mangiare, egli li fa dare grano e altra biada: e questo fa fare a grandissima quantità di famiglie. Ancor non è vietato lo pane del signore a niuna persona che voglia andare per esso. E sappiate che ve ne vanno più di trenta mila; e questo fa fare tutto l'anno: e questo è gran bontà di signore; e per questo è adorato come Iddio dal popolo.» Aggiungeremo che tutto l'impero è amministrato con somma cura; le vie ben tenute e piantate ad alberi magnifici, che servono sopratutto a farle riconoscere al viaggiatore, nei paesi deserti. La legna è quindi abbondantissima dappertutto; «senza contare, dice il Veneziano, che per tutta la provincia del Catai hae una maniera di pietre nere che si cavano dalle montagne come vena, che ardono come bucce, e tengono più lo fuoco che non fanno la legna.» Queste pietre nere non sono altro che il carbone fossile, che in grandissima quantità trovasi nelle montagne delle provincie di Cheu-sì e di Pe-che-li.

Marco Polo soggiornò lungo tempo nella città di Cambalu. È certo che, grazie alla sua vivace intelligenza, al suo spirito, alla facilità di apprendere gl'idiomi dell'impero, venne molto in grazia all'imperatore. Incaricato da lui di diverse missioni, non solo nella China, ma nei mari dell'India, a Ceylan, sulle coste del Coromandel e del Malabar, e nella parte della Cocincina presso il Cambodge; fu nominato, probabilmente tra il 1277 ed il 1280, governatore della città di Yang-tsceu e di ventisette altre città, comprese nella giurisdizione di questa. Grazie a queste missioni, egli percorse un bel tratto di paese e ne riportò utili documenti, tanto geografici, che etnologici. Noi lo seguiremo facilmente, colla carta geografica alla mano, in quei viaggi dai quali la scienza doveva trarre immenso profitto.

CAPITOLO III

Tso-tcheu.—Tainfu.—Pin-yang-fu.—Il fiume Giallo.—Chaciafu.—Si-gnan-fu.—Il Sze-tchuen.—Ching-tu-fu.—Il Tibet.—Li-Kiang-fu.—Il Caragia.—Yung-chang.—Mien.—Il Bengala.—L'Annam.—Il Tai-ping.—Sinuglil.—Sindi-fu.—Chacafu.—Ciaglu.—Ciagli.—Codifu.—Lin-tsin-tcheu.—Lin-tching-hien.—Il Mangi.—Yang-tcheou.—Città del litorale.—Quinsay o Hang-tcheu.—Il Fu-chian.

Marco Polo, dopo aver soggiornato a Cambalu, venne dal Gran Kan incaricato d'una missione che lo tenne lontano ben quattro mesi dalla capitale. Lontano dieci miglia circa da Cambaluc, verso il sud, traversò il magnifico fiume Pehonor, che egli chiama Pulinzanchiz; lo valicò sopra un bel ponte di marmo di ventiquattro arcate, lungo trecento passi, il quale non ha il simile in tutto il mondo. A trenta miglia di là incontrò Tso-tcheu, città industriale che ha eccellenti alberghi pei viaggiatori, ed ove si lavora specialmente in legno di sandalo, tessuti di seta e d'oro.

A dieci giornate da Tso-tcheu, giunse nella moderna città di Tainfu, che fu un tempo sede di un governo indipendente. Tutta quella provincia gli parve ricca di viti e di gelsi; la principale industria della città era allora la fabbricazione delle armature per conto dell'imperatore. Sette giornate più oltre trovò la bella città di Pianfu, oggidì Pin-yang-fu, tutta dedita al commercio ed al lavoro della seta. Marco Polo, dopo aver visitata questa città, giunse sulle rive del celebre fiume Giallo, ch'egli chiama Charamera, ossia fiume nero, forse a causa delle sue acque oscurate dalle piante acquatiche. Attraversato il fiume, giunse ad una nobile città chiamata Chaciafu, nella quale alcuni commentatori ravvisano la moderna Pu-ceu-fu (che allora chiamavasi O-ciung-fu) sulla riva orientale del fiume Giallo, e che è ai nostri dì una delle più ragguardevoli città del Scian-si. Lasciata quella città, ove non vide nulla che meritasse menzione, Marco Polo percorse a cavallo una bella contrada, sparsa di castella, di città, di giardini, e ricca di cacciagione. Dopo otto giorni di cammino, giunse alla nobile città di Si-gnan-fu, allora chiamata Quengianfu, antica capitale della dinastia dei Thang. Ivi regnava un figlio del Gran Kan, per nome Manghala, principe giusto ed amato dal suo popolo; egli abitava, fuori della città, un magnifico palazzo costrutto in mezzo ad un parco, le cui mura merlate avevano circa cinque miglia di circonferenza. Quella città presentava allora un mercato importantissimo di gioie, stoffe ed armature d'ogni genere.

Da Si-gnan-fu il nostro viaggiatore si diresse verso il Tibet, attraversando una contrada montuosa ch'egli chiama Chunchum, e che probabilmente corrisponde alla moderna provincia di Sze-tchuen. «Egli ha per monti e per valli città e castella assai, e sono idoli, e vivono di loro lavorio di terra e di boscaglie; e havvi molti boschi, ove sono molte belle bestie selvatiche, come sono lioni e orsi e cavriuoli, lupi cervieri, daini e cierbi, e altre bestie assai, sì che troppo n'hanno grande utilità.»

Dopo aver viaggiato ventitre giorni, toccò i confini della immensa pianura di Ambalet-Mangi. Quel paese è fertile, ricco d'ogni sorta di produzioni e particolarmente di zenzero, di cui fornisce tutta la provincia del Cattai. Ed è tale la fertilità del suolo, che, secondo un viaggiatore francese, E. Simon, lo si vende oggidì a 30,000 franchi all'ettara, cioè tre franchi al metro. Nel secolo XIII quella pianura era coperta di città e castella, e gli abitanti vivevano dei frutti del terreno, dei prodotti del bestiame e della selvaggina, che forniva ai cacciatori una preda facile ed abbondante.

Continuando il suo viaggio verso ponente, Marco Polo penetrò nella provincia di Sze-tchuen, e giunse alla nobile città di Sindi-fu, la moderna Chin-tu-fu, la cui popolazione attuale supera 1,500,000 abitanti. Sindi-fu misurava allora un circuito di venti miglia, era divisa in tre parti, ognuna delle quali, circondata d'un muro particolare, aveva il proprio re prima che Kublai-Kan se ne impadronisse. «E sappiate, dice il Polo meravigliato, che per mezzo questa città passa un gran fiume d'acqua dolce, ed è largo bene mezzo miglio, ov'ha molti pesci, e va infine al mare Oceano, e havvi bene da ottanta in cento miglia, ed è chiamato Quiia-fu.»

Questo fiume non è altro che l'Yang-tse-kiang, che attraversa la China da ovest ad est, e n'è il fiume più importante. Sulle nostre carte lo troviamo indicato col nome di Fiume Bleu.

«E in su questo fiume, prosegue il Veneziano, ha città e castella assai, e havvi tante navi, che appena si potrebbe credere chi nol vedesse; e v'ha tanta moltitudine di mercatanti, che vanno giuso e suso, ch'è una grande meraviglia. E il fiume è sì largo, che pare un mare a vedere, non fiume. E dentro della città in su questo fiume è un ponte tutto di pietre, ed è lungo bene un mezzo miglio, e largo otto passi: e su per quello ponte ha colonne di marmo, che sostengono la copritura del ponte; e sappiate ch'egli è coperto di bella copritura, e tutto dipinto di belle istorie, e havvi suso più magioni ove si tiene molta mercatanzia e favvisi arti: ma si vi dico che quelle case sono di legno, che la sera si disfanno e la mattina si rifanno. E quivi è lo camarlingo del Gran Sire, che riceve lo diritto della mercatanzia che si vende in su quel ponte; e si vi dico che il diritto di quel ponte vale l'anno bene mille bisanti.»

Uscito da quella città commerciale e industriosa, Marco Polo, dopo cinque giorni di marcia, attraverso vaste foreste, giunse alla provincia del Tibet, ch'egli dice «molto guasta dalla guerra fattavi da Mogut-Kan.»

La provincia del Tibet, alla quale i Chinesi dànno nome di Si-tsang o Tsang occidentale, è abitata da leoni, orsi ed altre belve, da cui i viaggiatori durerebbero fatica a difendersi, se non vi crescessero in gran copia quelle canne meravigliosamente grosse e alte, che noi chiamiamo bambù. Infatti «gli mercatanti e gli viandanti prendono quelle canne la notte e fannole ardere nel fuoco; perchè fanno sì grande iscoppiata, che tutti gli lioni e orsi e altre bestie fiere hanno paura e fuggono, e non si accosterebbero al fuoco per cosa del mondo. E questo si fanno per paura di quelle bestie chè ve n'ha assai. Le canne iscoppiono, perchè si mettono verdi nel fuoco, e quelle si torcono e fendono per mezzo, e per questo fendere fanno tanto romore, che s'odono dalla lunga presso a cinque miglia di notte, e piue; ed è sì terribile cosa a udire, che chi non fosse d'udirlo usato, ogni uomo n'avrebbe gran paura, e gli cavagli che non ne sono usi, si spaventano sì forte che rompono capresti, e ogni cosa e fuggono; e questo avviene spesse volte. E a ciò prendere rimedio, a cavagli che non ne sono usi, e' gli fanno incapestrati di tutti e quattro li piedi, e fasciare gli occhi, e turare gli orecchi; si che non può fuggire quando ode questo iscoppio; e così campano gli uomeni, la notte, loro e le loro bestie.»

Lo stratagemma riferitoci dal Polo viene ancora impiegato nelle contrade che producono il bambù, e per vero lo scoppio delle canne divorate dalle fiamme può paragonarsi ai più violenti petardi d'un fuoco d'artifizio.

Secondo la relazione del viaggiatore veneziano, il Tibet è una vastissima provincia divisa in otto reami, con molte città e castella, bagnata da fiumi e laghi ed attraversata da montagne dalle quali si trae oro in quantità. I fiumi che hanno origine nel Tibet e sopratutto il Kin-cha-kiang (Yang-tse-kiang), il cui nome significa fiume dall'aurea sabbia, sono ricchi di pagliuzze d'oro. Gli abitanti sono idolatri e malvagi, e formano una razza di terribili ladroni. Vivono dei frutti della terra, di bestie e d'uccelli. Le donne sono impudiche, e fanno, per doni, di sè mercato ai viaggiatori che attraversano quella provincia. Quantunque il Tibet fosse allora sotto la dominazione del Gran Kan, non vi si conoscevano nè le monete nè le banconote dell'impero; all'incontro vi si spendeva il corallo, di cui gli abitanti adornavano il collo delle loro femmine ed i loro idoli.

Marco Polo, nel lasciare Si-gnan-fu, erasi diretto verso l'ovest. Traversò il regno di Gaindu che secondo alcuni corrisponderebbe al territorio settentrionale dei Birmani, secondo altri invece a quella montuosa regione circondata dai territorî del Bengala, Arracan, abitata da schiatte indigene dette Cain, Chien o Chiaen, lungo le rive del braccio sinistro del fiume Arracan, e visitò un bel lago, che produceva ostriche perlifere, la cui pesca era riservata all'imperatore. Vide anche una montagna dalla quale si cavavano quelle pietre conosciute sotto il nome di turchese. Il garofano, lo zenzero, la cannella ed altre spezie davano in quel paese abbondantissimi raccolti.

Gli abitanti di questa provincia non hanno denaro, ed impiegano come moneta dei pezzi di sale di mezza libbra, una libbra, ecc. ecc. Non conoscono vergogna alcuna, giacchè trovano naturale il far marcato delle proprie mogli, figlie e sorelle ai forestieri che attraversano la contrada.

Lasciato il regno di Gaindu, e traversato un gran fiume da lui chiamato Brunis che pare fosse il Kincha-kiang, fiume a rena d'oro, Marco Polo tornò direttamente al sud-est, e penetrò nella provincia di Garagia, regione che si crede formi la parte nord-ovest dell'Yun-nan, chiamata tutt'ora, dagli indigeni e dai maomettani dell'Asia Centrale, Caraian; e ch'era allora governata da Jesau Temur, nipote di Kublai.

Secondo il Veneziano, gli abitanti di quella provincia, eccellenti cavalcatori, mangiavano la carne cruda dei polli, dei montoni, dei bufali e dei buoi; i ricchi soltanto la condivano d'una salsa composta d'aglio e di buone spezie. Quel reame era altresì frequentato da grossi serpenti orribili a vedersi.

Quei rettili, probabilmente alligatori, erano lunghi dieci passi; avevano due gambe poste sul davanti presso il capo ed armate d'un unghione che era smisurato; la loro gola poteva inghiottire un uomo in un boccone.

La capitale di questa provincia è una città che il Polo chiama Jaci, e che si crede corrisponda alla moderna Tsu-iong-fu. Gli abitanti sono parte maomettani, parte cristiani nestoriani, ed il rimanente idolatri. «Quivi hae mercatanti ed artefici, dice il nostro viaggiatore, e spendono per moneta porcellane bianche, che si truovano nel mare.» È questa una specie di conchiglia che noi conosciamo sotto il nome di Cyproea moneta, che gli Indiani chiamano Cooris, usata anche ai dì nostri come moneta alle Maldive ed in diverse parti delle Indie.

Marco Polo passa quindi a descrivere la maniera impiegata dagli indigeni di quella contrada per impadronirsi dei terribili alligatori che infestano i loro corsi d'acqua, e dice che il fiele di questi anfibî, preso come beveraggio, è reputato nel paese come medicina contro la morsicatura d'un cane rabbioso.

A cinque giornate all'ovest di Caragia, Marco Polo, continuando ancora verso mezzodì, penetrò nella provincia di Ardanda, la cui capitale, Vaciau, sembra corrispondere alla moderna città di Yung-chang. Tutti gli abitanti di questa città avevano denti d'oro, cioè usavano coprirli con laminette d'oro, che levavano per mangiare. Gli uomini di quella provincia, tutti cavalieri, «non fanno nulla salvo che uccellare, andare a caccia od andare in oste (in guerra)»: i lavori faticosi sono riservati alle donne ed agli schiavi. Gli abitanti di Ardanda non hanno idoli, nè chiese, ma adorano il più vecchio della famiglia; cioè il nonno, il patriarca. Siccome non conoscono scrittura di sorta, così «quando hanno, dice il Polo, affare l'uno con l'altro, fanno tacche di legno, e l'uno tiene l'una metà, e l'altro l'altra metà; quando colui dee pagare la moneta, egli la paga e fassi dare l'altra metà della tacca.» Non hanno medici, ma bensì dei maghi od incantatori, che saltano, danzano, cantano e suonano strumenti presso il malato; e quindi ordinano sacrifizi e banchetti, finchè l'infermo muore o risana.

Nel lasciare la provincia ove gli abitanti avevano i denti d'oro, Marco Polo seguì la grande strada che serve al traffico tra l'India e l'Indo-Cina, e passò per Bamo ove, tre volte la settimana, si teneva un gran mercato, che attirava i negozianti dei paesi più lontani. Dopo aver cavalcato quindici giorni in mezzo a foreste popolate da elefanti, liocorni ed altre fiere, giunse a Mye, o a Mien, cioè in quella parte dell'alto Birman la cui capitale, di recente costruzione, si chiama Arampura. Questa città di Mien, che fu probabilmente l'antica Ava, chiamata dagli indigeni Miamma, ora in ruina; oppure la vecchia Paghau, situata sull'Irraonady, possedeva una vera meraviglia architettonica; erane due torri, l'una costrutta di belle pietre ed interamente coperta da una lamina d'oro dello spessore d'un dito, l'altra ricoperta da una lamina d'argento, ambe fatte costruire da un re di Mien, prima che quel reame cadesse in potere del Kan.

Dopo di aver visitata quella provincia, Marco Polo discese fino a Baugala, l'attuale Bengala, oggidì una delle tre grandi divisioni dell'India Inglese, e che a quei tempi, nel 1290, non apparteneva ancora a Kublai-Kan. Le armate dell'imperatore si adoperavano allora a conquistare quel paese fertile, ricco di cotone, di zenzero, di canne da zucchero, e i cui magnifici buoi eguagliavano in grossezza gli elefanti. Poscia, di là, il viaggiatore si avventurò fino alla città di Cangigu, nella provincia dello stesso nome. Alcuni credono che sotto questo nome abbia ad intendersi il regno di Tonkino, altri invece il territorio di Cangcur. Gli abitanti di quel regno praticavano il tatuaggio, e mediante aghi si disegnavano sul volto, sul collo, sul ventre, sulle mani, sulle gambe, immagini di leoni, di draghi, d'uccelli, «e chi più n'ha di queste dipinture più si tiene gentile e bello.»

Cangigu è il punto più meridionale raggiunto da Marco Polo in questo viaggio. A partire da questa città risalì verso il nord-est, e pel paese d'Amu, che credesi sia il territorio di Bamu, in mezzo all'Impero Birmano ed alla provincia del Yun-nan, giunse nella provincia di Toloma, oggidì conosciuta sotto il nome di Tai-ping. Ivi trovò begli uomini, bruni di pelle, valenti guerrieri, i cui monti sono muniti di castelli fortificati e che si nutrono abitualmente di carne, riso e spezie. «Quando muoiono fanno ardere i loro corpi, e l'osse che non possono ardere sì le mettono in piccole cassette, e portanle alle montagne, e fannole istare appicate caverne, si che niuno uomo nè altra bestia non puote toccare. L'oro abbonda nel paese; usano però come piccola moneta la porcellana, ossia quella conchiglia (Cyproea moneta) di cui abbiamo già parlato più addietro. Vivono di carne, di latte, di riso e di spezie.

Qui il signor Charton fa giustamente osservare che il viaggiatore si allontana dal paese conosciuto sotto il nome d'India al di là del Gange, e ritorna verso la China. Infatti, lasciata Toloma, Marco Polo seguì per dodici giorni, verso levante, un fiume sulle cui rive sorgevano molte città e castella; e giunse alla città di Sinuglil, che si crede sia la moderna Sou-tcheou, capitale della provincia di Guinguì, che dev'essere, scrive il Lazari, il territorio bagnato dalle acque del Chin-scia-chiang. Ciò che lo colpì dippiù in questa contrada,—e si ha ragione di credere che l'ardito esploratore fosse anche un valente cacciatore,—fu il gran numero di leoni che infestavano le pianure e le montagne. Tutti i commentatori sono però d'accordo nel ritenere che i leoni di Marco Polo non fossero altro che tigri, non essendovi leoni nella China. Ecco quanto ne dice il Veneziano: «V'ha tanti leoni, che se neuno dormisse la notte fuori di casa, sarebbe incontanente mangiato. E chi di notte va per questo fiume, se la barca non istà ben di lungi dalla terra, quando si riposa la barca, andrebbe alcuno leone, e piglierebbe uno di questi uomeni, e mangerebbolo; ma gli uomeni se ne sanno bene guardare. Gli leoni vi sono grandissimi e pericolosi. E sì vi dico una grande maraviglia, che due cani vanno a un gran leone, e sono questi cani di questa contrada, e sì lo uccidono, tanto sono arditi. E dirovvi come. Quando un uomo è a cavallo con due di questi buon cani, come i cani veggono il leone, tosto corrono a lui, l'uno dinanzi e l'altro di dietro, ma sono sie (sì) ammaestrati e leggieri che 'l lione non gli tocca, perciò che 'l lione riguarda molto l'uomo; poi il lione si mette a partire per trovare albore (albero), ove ponga le reni per mostrare il viso agli cani, e gli cani tuttavia lo mordono alle coscie, e fannolo rivolgere or qua or là, e l'uomo ch'è a cavallo, sì lo seguita percotendolo con sue saette molte volte, tanto che 'l lione cade morto, sì che non si puote difendere da uno uomo a cavallo con due buoni cani.»

Parlando degli abitanti di questa provincia, dice che «hanno sete assai, che sono idolatri, sottoposti al Gran Cane, e spendono monete di carta.»

Da quella provincia, Marco Polo risalì direttamente il fiume, ed in capo a dodici giorni fu di ritorno a Sindi-fu, capitale della provincia di Szet-chuen, dalla quale era partito per compiere la sua escursione nel Tibet. Di là, riprendendo la via già percorsa, fece ritorno presso Kublai-Kan, dopo aver felicemente compiuta la sua missione nell'Indo-China.

Sembra che allora Marco Polo venisse incaricato dall'imperatore d'un'altra missione nella parte sud-est della China «la parte più ricca e più commerciale di quel vasto impero, dice il Pauthier nel suo bel lavoro sul viaggiatore veneziano, e quella altresì su cui, dopo il secolo XVI, si ebbero in Europa maggiori notizie.»

Se stiamo all'itinerario tracciato sulla carta del Pauthier, Marco Polo, lasciando Cambalu, si diresse al mezzodì verso Chacafu, ch'è la moderna Ho-hien-fu, una delle più ragguardevoli città del Peche-li; di là a Ciaglu, oggidì Tsan-tcheou, ove si fabbricava il sale, che veniva esportato nelle circostanti contrade, indi a Ciagli, città industriosa che i commentatori ritengono sia la moderna Tetcheu, sulle rive dell'Eu-ho, all'entrare della provincia di Shan-tung; finalmente a Codifu o Codiufu, l'attuale Tsi-nan-fu, capitale della provincia di Shan-tung, patria del grande filosofo e legislatore Confucio. Codifu era a quel tempo una grande città, la più nobile di tutte quelle contrade, frequentatissima dai negozianti di seta, ed i cui meravigliosi giardini producevano gran quantità di frutti deliziosi. A tre giornate di cammino da Codiufu, Marco Polo trovò la cittàdi Siugni, che credesi corrisponda alla moderna Lin-tsin-sceu, posta all'imboccatura del gran canale di Yun-no, punto di convegno delle innumerevoli navi che «recano nelle provincie del Mangi e del Cattai grandi mercatanzie, tanto, ch'è maraviglia a credere.»

Otto giorni dopo traversava Lingni, che sembra

corrispondere all'odierna città di Lin-tching-hien; quindi passava per Pigni, oggidì Pi-tcheou; Cigni, che si crede sia la moderna Sut-zi-hien, e giungeva al Caramera o Fiume Giallo, che aveva già traversato nel suo corso superiore, mentre dirigevasi verso l'Indo-China.

Parlando dell'importanza di questo fiume nella navigazione e nel commercio dell'impero, ecco le parole testuali del Polo: «Sappiate che il gran fiume di Caramera, che viene dalla terra del Prete Gianni, è largo un miglio; ed è molto profondo, sì che bene vi puote andare gran nave; egli ha questo fiume bene quindicimila navi, che tutti sono del Gran Cane, per portare sue cose, quando fa oste (guerra), all'isole del mare, che 'l mare è presso a una giornata. E ciascuna di queste navi vuole bene quindici marinari, e portano in ognuna quindici cavagli cogli uomeni, co' loro arnesi e vivande.»

Il nostro viaggiatore attraversò quel fiume, e si trovò nella provincia di Mangi, un tempo distinta col nome d'Impero dei Song, e sottomesso da Kublai solo dal 1278.

Questo impero, prima di appartenere a Kublai-Kan, era governato da un re pacifico, che abborriva la guerra, ed era pietoso verso gl'infelici. Il testo francese dei viaggi di Marco Polo parla di lui alquanto diffusamente nei termini, seguenti, che traduciamo: «Quell'ultimo imperatore della dinastia dei Song poteva spendere tanto, che era un prodigio; vi racconterò di lui due tratti nobilissimi. Ogni anno egli faceva allattare ben ventimila bambini; dacchè è costume in quei paesi, che le povere donne gettino via i figli appena nati, quando non possono nutrirli. Il re li faceva raccoglier tutti, faceva inscrivere sotto qual segno e sotto qual pianeta erano nati, poi li dava a nutrire in diversi luoghi, perchè manteneva nutrici in quantità. Quando un ricco non aveva figli, andava dal re e si faceva dare quanti bambini voleva, e quelli che voleva; poi il re, quando i giovani e le fanciulle erano in età da unirsi in matrimonio, li sposava fra loro, e dava loro da vivere; in tal modo ogni anno ne allevava ben ventimila tra maschi e femmine. Se passando in qualche strada vedeva una casa piccola fra due grandi, domandava perchè quella casetta non era grande come le altre, e se gli dicevano ciò essere perchè apparteneva ad un povero, tosto la faceva ridurre bella ed alta come le altre. Quel re si faceva sempre servire da mille paggi e da mille damigelle. Manteneva nel suo regno una giustizia così severa, che non vi si commetteva nessun delitto; durante la notte le case del mercanti rimanevano aperte, nè alcuno vi prendeva nulla; si poteva viaggiare di notte come di giorno.»

Entrando nella città di Mangi, Marco Polo trovò Chygiagni, oggidì Hoai-gnan-fou, nella provincia di Kiang-nan, città posta sulle rive del fiume Giallo, la cui principale industria è la fabbricazione del sale, che si cava da alcune paludi salmastre. Ad una giornata da quella città, seguendo una strada lastricata di belle pietre, il viaggiatore giunse alla città di Pauchi, oggidì Pao-yng, rinomata pe' drappi d'oro, Chayu o Kac-yeou, i cui abitanti sono cacciatori e pescatori valenti, poi a Tai-tcheou, ove approdano navigli in gran numero; ed arrivò finalmente a Yangui.

Questa città di Yangui è l'odierna Yang-tsceu, di cui Marco Polo fu governatore durante tre anni. È città popolatissima e molto commerciante, ed ha non meno di due leghe di circuito. Marco Polo partì da Yangui per diverse esplorazioni, che gli permisero di studiare minutamente le città del litorale e dell'interno.

Dapprima il viaggiatore si diresse verso ponente e giunse a Nangi (da non confondersi colla moderna Nan-king), città posta in una provincia fertilissima, i cui abitanti, dice il Polo, «vivono di mercatanzie e d'arti, e hanno seta assai e uccellazioni e cacciagioni, e ogni cosa da vivere, e hanno lioni assai.» Proseguendo il suo viaggio, visitò Saianfu, oggidì Siang-yang-fou, nella provincia Hon-quang. Fu questa l'ultima città del Mangi che resistette alla dominazione di Kublai-Kan. L'imperatore vi tenne l'assedio per tre anni, e se ne impadronì da ultimo mercè i tre Polo, i quali costrussero potenti baliste che schiacciarono gli assediati sotto una grandine di sassi, alcuni dei quali pesavano fin trecento libbre.

Da Saianfu Marco Polo tornò sui suoi passi per esplorare le città del litorale. Egli rientrò senza dubbio a Yang-tcheou; visitò Sigui, città posta sul fiume Yang-tse-kiang, che nel suo corso superiore è chiamato Kin-scia-kiang. Questa città di Sigui (da non confondersi con quella di cui il Polo ha parlato indietro) di cui non sanno che congetturare i commentatori, sorge in un punto ove il fiume è largo più d'una lega, e riceve più di mille navigli in una volta. Da Sigui si portò a Chiagui (la moderna Chua-tcheou), posta nel luogo ove il canale imperiale entra nel Yang-tse-kiang. È questa la città che fornisce di biade la massima parte della corte imperiale. Visitò Cinghiafu (Tching-kian-fou) di faccia a Chua-tcheou, ov'erano due chiese di cristiani nestoriani; Cinghingiu (Tchang-tcheou-fou), presso il Canale, città commerciale ed industriale, e Su-tcheu o Sut-sen, grande città di sei leghe di circuito, che, secondo la relazione esageratissima del viaggiatore veneziano, possedeva allora non meno di seimila ponti. Soggiornò qualche tempo a Ingiu, città posta ad una giornata da Su-tcheu, e che credesi corrisponda alla moderna Ho-tcheu; indi a Cianghi (Kia-hing); per ultimo entrò nella nobile città di Quinsay, l'antica e famosa Hang-tcheu, capitale della provincia di Tche-kiang, che divenne sede degli imperatori quando i Song, incalzati da Nu-tché, vi si rifugiarono, nel 1132, e allora essa fu chiamata King-se, onde la Quinsay del Polo, la King-sai di Rascideddin, e la Cansa d'Ihn-Batuta; che a torto alcuni arguirono significasse la città del cielo.

Quinsay, che corrisponde alla moderna Hang-tcheou-fou, ha cento miglia di circuito, ed è traversata dal fiume Tsientang-kiang, che, diramandosi all'infinito, fa di Quinsay un'altra Venezia. Quell'antica capitale dei Song è popolosa quasi quanto Pekino; le vie sono selciate di pietre e mattoni: si contano, secondo Marco Polo, «dodicimila ponti di pietra, e sotto la maggior parte di questi ponti vi potrebbe passare, sotto l'arco, una gran nave, e per gli altri bene mezza nave.» In quella città vivono i più ricchi negozianti del mondo, le cui mogli «stanno così delicatamente come se fossero cose angeliche.» Quivi è la residenza d'un vicerè che governa per l'imperatore più di centoquaranta città. Vi si vedeva ancora il palagio dell'antico sovrano del Mangi, circondato da bei giardini, con laghi, fontane, e contenente più di mille camere. Il Gran Kan ricava da quella città e dalla provincia rendite immense, fra cui va contato il prodotto del sale, dello zuccaro, delle spezie e della seta, che costituiscono la principale produzione del paese.

«A quindici miglia da Quinsay, tra greco e levante, dice il Polo, è il mare Oceano, e quine (quivi) è una città che ha nome Giafu, ove ha molto buon porto, e havvi molte navi che vengono d'India e d'altri paesi. E da questa città al mare hae un gran fiume, onde le navi possono venire infino alla terra.» Questa Giafu credesi dai commentatori sia la moderna città di Kuang-teheu o Canton, una delle più grandi e più ricche città commerciali della China.

«Quando l'uomo si parte di Quinsay, dice il Veneziano, e' vae una giornata verso iscirocco, tuttavia trovando palagi e giardini molti belli, ove si truova tutte cose da vivere; di capo di questa giornata si truova questa città, c'ha nome Tapigni, molto bella e grande, ed è disotto a Quinsay.» Qualche commentatore ha ravvisato nella Tapigni del Polo la moderna Fu-yang; altri invece Chao-hing-fou.

In seguito il nostro viaggiatore visitò: Nugui (Hon-tcheou), Chegui (Tchu-ki, o, secondo altri, Yen-tcheou-fou), Ciafia (Kin-tcheou), e finalmente Chagu (Kiang-chan-fu), l'ultima città del reame del Quinsay.

Marco Polo entrò quindi nel regno di Fugui. Secondo la sua relazione, gli abitanti di questa contrada sarebbero gente crudele, antropofaghi, «che tutto dì vanno uccidendo gli uomeni e bevendo il sangue, e poscia gli mangiano tutti, e altro non procacciano.» Visitò Quellafu (Kien-ning-fou) sulle rive del Min, bellissima città che ha ponti di pietra lunghi un miglio; e dove «avvi galline che non hanno penni ma peli come gatte, e tutte nere, e fanno uove come le nostre, e sono molto buone da mangiare;» Ungue, città che i commentatori non hanno saputo trovare, ma che si suppone sia la moderna Mingtsing, sebbene non siavi veruna somiglianza di nome.

Poco dopo il Veneziano entrò nella città di Fugui, capitale del regno di Cancha; nella quale i commentatori hanno ravvisato Fu-ceu, capitale del Fu-chian, che giace a breve distanza dal mare, sopra un braccio del Niao-tung-chiang (Min). Ivi gli abitanti sono idolatri e dediti al commercio delle pietre preziose, dello zucchero e d'altre mercanzie che vengono per mare dall'India.

Da Fugui, dopo aver viaggiato per cinque giornate verso sud-ovest, attraversando valli e pianure seminate di città e castelli, raggiunse Zarton, nella quale i commentatori hanno riconosciuto l'odierna Tsiuan-ceu, celebre porto della China meridionale, nella provincia di Fu-chian, detto eziandio volgarmente Tseu-tung, che anche sotto la dominazione dei Ming era assai frequentato dagli Arabi, dai Persiani e dagli Indiani.

Dopo di aver parlato dei tesori che trae il Gran Kan da questa città, pel commercio importante ch'ivi si esercita in spezie e prodotti d'ogni genere dell'India, Marco Polo dice che in questa provincia havvi una città per nome Tenugnise (Ting-tcheou, nella parte occidentale del Fo-kien) ove si fabbricano le migliori scodelle di porcellana del mondo, ad un prezzo veramente tenuissimo.

Il Polo rimase qualche tempo nella città di Zarton, che i commentatori ritengono l'estremo punto da lui visitato in questo viaggio nella China sud-orientale.

CAPITOLO IV

L'India.—Cipango o Zipagu (il Giappone).—Partenza dei tre Polo colla figlia dell'imperatore e gli ambasciatori persiani.—Saigon.—Giava.—Condor.—Bintang.— Sumatra.—I Nicobari.—Ceylan.—La costa di Coromandel.—La costa di Malabar.—Il mar d'Oman.—L'isola di Gocotora.—Madagascar.—Zanzibar e la costa africana.— L'Abissinia.—Aden.—Schehr.—Dafur.—Kalhat.—Hormuz.—Il Golfo Persico.— Ritorno a Venezia.—Una festa in casa Polo.—Marco Polo prigioniero dei Genovesi.— Morte di Marco Polo verso l'anno 1323.—Suoi discendenti.—Ricordi della famiglia Polo.

Marco Polo, terminata felicemente quell'esplorazione, ritornò senza dubbio alla corte di Kublai-Kan. Egli fu ancora incaricato di varie missioni, che gli furono agevolate e dalla sua conoscenza della lingua mongolla, della turca, della cinese e della mantchou. Pare ch'egli facesse parte d'una spedizione intrapresa nelle isole dell'India, ed al suo ritorno stese un rapporto particolareggiato sulla navigazione di quei mari ancora poco conosciuti.

«Sappiate, dice egli, che nell'India sono molte navi, ch'elle sono d'un legno chiamato abete e di sapino; elle hanno una coverta e in su questa coverta hae bene 40 camere, ove in ciascuna puote istare un mercatante agiatamente; e hanno un timone e quattro alberi, e molte vi giungono due alberi che si levano e pongono. Queste navi vogliono bene duecento marinai; ma elle sono tali che portano bene cinquemila isporte di pepe, e di datteli seimila. E' vogano co' remi, che a ciascuno remo vogliono essere quattro marinai, e hanno queste navi tali barche, che porta l'una bene mille isporte di pepe. E sì vi dico che questa barca mena bene quaranta marinai, e vanno a remi, e molte volte aiutano tirare la gran nave; ancora mena la nave dieci battelli per prendere pesci.» La relazione del Polo fornisce notizie assai dettagliate ed interessanti sull'isola di Cipango, nome applicato al gruppo d'isole che compongono il Giappone, ch'era allora un paese rinomato per le sue ricchezze. «Zipagu, dice il nostro esploratore, è un'isola in levante, ch'è nell'alto mare millecinquecento miglia. L'isola è molto grande, le genti sono bianche, di bella maniera e belle, e sono idolatri, e non obbediscono ad alcuno. Qui si trova l'oro, però n'hanno assai; niuno uomo non vi va, e niuno mercante non leva di questo oro; perciò n'hanno eglino cotanto. Il palagio del signore dell'isola è molto grande, ed è coperto d'oro, come si cuoprono di qua le chiese di piombo; e tutto lo spazzo delle camere è coperto d'oro, ed èvvi alto bene due dita, e tutte le finestre e mura e ogni cosa e anche le sale sono coperte d'oro; e non si potrebbe dire la sua valuta. E gli hanno perle assai, e sono rosse e tonde e grosse, e sono più care che le bianche; ancora v'ha molte pietre preziose, e non si potrebbe contare la ricchezza di questa isola.»

La fama delle ricchezze del Giappone era giunta sino in China, ed aveva risvegliata la cupidigia di Kublai-Kan, che, verso il 1264, pochi anni prima della venuta di Marco Polo alla corte tartara, aveva tentato d'impadronirsi di quell'isola. La sua flotta, comandata da due baroni, approdò felicemente a Cipango, s'impadronì d'una cittadella, i cui difensori furono passati a fil di spada; ma una tempesta disperse le navi tartare, e la spedizione non ebbe risultato. I due baroni che avevano condotta quella sciagurata impresa vennero, d'ordine dell'imperatore, decapitati. Marco Polo racconta circostanziatamente questo tentativo, e cita varî particolari intorno ai costumi dei Giapponesi.

«Sappiate, dice il Veneziano, che quando alcuno di questa isola prende alcuno uomo, che non si possa ricomperare, convita suoi parenti e i suoi compagni, e fallo cuocere, e dàllo mangiare a costoro, e dicono ch'è la migliore carne che si mangi.»

Secondo il Polo, all'epoca in cui egli visitò la China, i Giapponesi sarebbero stati antropofaghi, come lo sono ancora oggidì gl'indigeni di molte isole dell'oceano Pacifico.

Intanto Marco Polo, suo zio Matteo e suo padre Niccolò, trovavansi da ben diciassette anni al servizio dell'imperatore, senza contare gli anni spesi nel viaggio dall'Europa alla Cina. Avevano vivo desiderio di rivedere la patria; ma Kublai-Kan, che era loro affezionatissimo, e ne apprezzava i meriti, non sapeva risolversi a lasciarli partire. Tutto tentò egli per vincere la loro risoluzione, ed offerse loro immense ricchezze se acconsentivano a non più abbandonarlo. I tre Veneziani persistettero nel disegno di tornare in Europa, ma l'imperatore rifiutò loro assolutamente la licenza di partire. Marco Polo non sapeva come deludere la vigilanza dell'imperatore, quando un avvenimento mutò la determinazione di Kublai-Kan.

Un principe mongollo, Arghum, che regnava in Persia, avea mandato un'ambasciata all'imperatore per chiedergli in matrimonio una principessa del sangue reale. Kublai-Kan accordò al principe Arghum la mano di sua figlia Cogatra, e la fece partire accompagnata d'un seguito numeroso.

Ma le contrade che la scorta volle traversare per recarsi in Persia non erano sicure; turbolenze, ribellioni, l'arrestarono ben presto, e la carovana dovè ritornare, dopo alcuni mesi, alla residenza di Kublai-Kan. Allora gli ambasciatori persiani, avendo sentito parlare di Marco Polo come d'un valente navigatore che aveva conoscenza del mare

Indiano, supplicarono l'imperatore di confidare a lui la principessa Cogatra, affinchè la conducesse al suo fidanzato, traversando quei mari meno pericolosi del continente.

Kublai-Kan cedè, non senza difficoltà, a quella domanda. Egli fece allestire una flotta di quattordici navi a quattro alberi, ed approvigionolla per un viaggio di due anni. Qualcuna di quelle navi contava persino duecentocinquanta uomini di equipaggio. Come si vede, era una spedizione importante, e degna dell'opulento sovrano dell'impero chinese.

Matteo, Niccolò e Marco Polo s'imbarcarono colla principessa Cogatra e cogli ambasciatori persiani. Fu in quel tragitto, che durò non meno di diciotto mesi, che Marco Polo visitò le isole della Sonda e dell'India, di cui fa una descrizione tanto completa? Noi possiam fino ad un certo punto ammetterlo, sopratutto per quanto riguarda Ceylan ed il litorale della penisola indiana. Lo seguiremo quindi durante la sua navigazione, e riferiremo le descrizioni ch'egli dà di quei paesi, fino allora imperfettamente conosciuti.

Fu verso il 1291 o 1292 che la flotta comandata da Marco Polo lasciò il porto di Zaiton, ove il viaggiatore era giunto nel suo viaggio traverso le provincie meridionali della Cina. Da questo punto, egli si diresse direttamente verso la vasta contrada di Ciamba, nella quale tutti i commentatori s'accordano nel ravvisare Tsiampa o Bintuan, provincia della Cocincina meridionale. Il viaggiatore veneziano aveva già visitato quella provincia, probabilmente verso l'anno 1280, durante una missione di cui l'imperatore l'aveva incaricato.

«Sappiate, dice il Polo, che quando l'uomo si parte del porto di Zaiton e navica verso ponente, e alcuna verso gorbi (garbino, ossia libeccio) milleduecento miglia, sì si trova una contrada c'ha nome Ciamba, ch'è molto ricca terra e grande, e hanno re per loro; e sono idoli (idolatri); e fanno trebuto al Gran Cane ciascuno anno 20 leofanti, e non gli dànno altro, li più belli, che vi si possono trovare, che n'hanno assai. E questo fece conquistare il Gran Cane negli anni Domini 1278.»

Allorchè Marco Polo percorse quel paese prima della conquista, il re che lo governava aveva non meno di trecentoventisei figliuoli, di cui centocinquanta atti a portare le armi. In quel regno non si usava maritare niuna bella pulzella senza il consenso del re, il quale poteva disporne a suo talento.

Lasciando la penisola cambodgiana, la flotta si diresse verso l'isoletta di Condor; ma prima di descriverla, Marco Polo cita la grande isola di Giava, di cui Kublai-Kan non aveva mai potuto impadronirsi, «per lo pericolo del navicare e della via, sì è lunga.» Quest'isola possiede grandi ricchezze e produce in abbondanza pepe, noci moscate, garofano ed altre droghe preziose. Qualche commentatore ha creduto che sotto il nome di Java intendesse il Polo di parlare di Borneo, a cui gl'indigeni dànno infatti il nome di Jana Java (paese di Giava) e Nusa Java (isola di Giava). E quì giova rammentare ai nostri lettori che il Polo non visitò questi luoghi, ma ne parla «per quello che seppe dalla bocca di uomini degni di fede» secondo le stesse sue parole. Dopo aver fatto sosta alle isole di Sodur e Codur, che sono, a quanto sembra, le isole di Pulo Condor nel mare della China, ove vide oro in abbondanza, Marco Polo giunse all'isola di Petam, che si crede sia l'isola di Buitang, posta vicino all'entrata orientale dello stretto di Malacca, e presso l'isola di Sumatra, ch'egli chiama la Piccola-Giava.

«Quest'isola, egli dice, è tanto verso mezzodì che la tramontana (l'Orsa) non si vede nè poco nè assai. Sappiate che in su quest'isola hae otto re coronati, e sono tutti idolatri, e ciascuno di questi reami ha lingua per sè. Quì ha grande abbondanza di tesoro e di tutte care ispezierie.» Sumatra è infatti una delle più fertili isole del gruppo, ove l'aloè vi cresce meravigliosamente: vi si trovano elefanti selvatici e rinoceronti, che Marco Polo chiama unicorni, e scimmie che vanno a frotte numerose. La flotta fu trattenuta cinque mesi presso quella costa, in causa del cattivo tempo, ed il viaggiatore ne approfittò per visitare le principali provincie dell'isola, come Ferbet (Tandjong Perlak), i cui abitanti delle montagne sono feroci ed antropofaghi; Basma, che secondo alcuni sarebbe Pasem o Pasé dei moderni: secondo altri, Pasaumak, nell'interno del Palembang; Samarcha, che secondo l'opinione del Murray corrisponderebbe all'odierno porto di Samangca, i cui abitanti, dice il Veneziano, «hanno alberi, che tagliano gli rami e quelli gocciola, e quella acqua che ne cade è vino; ed empiesene tra dì e notte un gran coppo che sta appiccato al troncone, ed è molto buono.» È questo il tanto rinomato liquore della palma, che fornisce un vino che in poche ore fermenta e diviene inebbriante. Anche le noci di cocco sono quivi abbondantissime. Marco Polo visitò inoltre i reami di Dragouayu (probabilmente l'Ayer Aje dei moderni) i cui abitanti sono antropofaghi; di Lambri (Nalabu, sulla costa occidentale dell'isola) ove sono moltissimi uomini colla coda (scimmie senza dubbio), e Fransur, cioè l'isola di Pauchor, ove cresce il cicade, da cui si trae una farina buona per pane, che noi chiamiamo sagù. Finalmente i venti permisero alle navi di lasciare la Piccola Giava; dopo aver toccato l'isola di Necaran, che dev'essere una delle Nicobari, ed il gruppo delle Andaman, i cui abitanti sono ancora antropofaghi, come ai tempi di Marco Polo, la flotta, presa la direzione del sud-ovest, andò a prender terra alle coste di Ceylan. «Quest'isola, dice la relazione, anticamente fu via maggiore, che girava 4600 miglia; ma il vento alla tramontana vien sì forte, che una gran parte ne ha fatta andare sott'acqua.» Questa tradizione sussiste ancora fra gli abitanti di Ceylan. «E sappiate, continua il Polo, che in questa isola nascono i buoni e nobili rubini, e non nascono in niuno luogo del mondo piue, e quì nascono zaffiri e topazi e amatisti, e alcune altre pietre preziose. E si vi dico che il re di quest'isola, che si chiama Sedemay, hae il piue bello rubino del mondo, e che mai fosse veduto; e dirovvi com'è fatto. È lungo presso che un palmo, ed è grosso bene altrettanto, come sia un braccio di uomo, egli è piue ispredente (splendente) cosa del mondo, egli non ha niuna tacca, egli è vermiglio come fuoco, ed è di sì gran valuta che non si potrebbe comperare. E il Gran Cane mandò per questo rubino, e gliene voleva dare la valuta d'una buona città, ed egli disse che nol darebbe per cosa del mondo, però ch'egli fue degli suoi antichi.»

A sessanta miglia all'ovest di Ceylan, i naviganti trovarono la gran provincia di Maabar, che non bisogna confondere col Malabar, posto sulla costa occidentale della penisola indiana, come erroneamente è scritto nel codice Ramusiano. Questo Maabar forma il sud della costa di Coromandel, molto stimata per le sue peschiere di perle. Ivi sono certi incantatori che rendono i mostri marini innocui ai pescatori, specie d'astrologhi la cui razza si perpetuò fino ai tempi moderni. Qui Marco Polo dà interessanti particolari sui costumi degli indigeni; sulla morte dei re del paese, in onore dei quali i signori si gettano nel fuoco; sui suicidî religiosi, che sono frequenti; sul sacrificio delle vedove, che il rogo reclama dopo la morte dei mariti; sulle abluzioni biquotidiane, di cui la religione fa un dovere; sull'attitudine di quegli indigeni a diventare buoni fisonomisti; sulla loro fiducia nelle arti degli astrologhi ed indovini.

Dopo di aver soggiornato qualche tempo sulla costa del Coromandel, Marco Polo si diresse al nord sino al reame di Muftili, che corrisponde al territorio su cui giace la moderna città di Masulipatam, che formò parte una volta del regno di Telingana, di cui era capitale Golconda, famosa per le sue miniere di diamante.

«Questo regno, dice il Polo, è ad una reina molto savia, che rimase vedova bene quarant'anni, e voleva sì gran bene al suo signore, che giammai non volle prendere altro marito; e costei hae tenuto questo regno in grande istato, ed era più amata che mai fosse o re o reina. Ora in questo reame si truova diamanti; e dirovvi come. Questo reame hae grandi montagne, e quando piove, l'acqua viene rovinando giuso per queste montagne; e gli uomeni vanno cercando per la via ove l'acqua è ita, e trovane assai di diamanti; e la state che non vi piove si se ne trova su per quelle montagne; ma e' v'ha sì grande caldo che a pena vi si puote sofferire. E su per le montagne ha tanti serpenti e sì grandi, che gli uomeni vivono a grande dottanza (timore), e sono molto velenosi, e non sono arditi d'andare presso alle loro caverne di quelli serpenti. Ancora gli uomeni hanno gli diamanti per un altro modo, ch'egli hanno sì grandi fossati e sì profondi, che veruno vi puote andare; ed egli vi gettano entro pezzi di carne, e gittanla in questi fossati di che la carne cade in su questi diamanti, e ficcansi nella carne. E in su queste montagne istanno aguglie (aquile) bianche che stanno tra questi serpenti: quando l'aguglie sentono questa carne in questi fossati, elle si vanno colà giuso, e reconla in sulla riva di questi fossati, e questi vanno incontro all'aguglie, e l'aguglie fuggono, e gli uomeni truovano in questa carne questi diamanti; ed ancora ne truovano, che queste aguglie sì ne beccano di questi diamanti colla carne insieme, e gli uomeni vanno la mattina al nidio dell'aguglia, e trovano coll'uscita (escrementi) loro di questi diamanti. So che così si truovano i diamanti per questi modi, nè in luogo del mondo non se ne truova di questi diamanti se non in questo reame. E non crediate che gli buoni diamanti si rechino di qua tra gli cristiani; anzi si portano al Gran Cane, ed agli altri re e baroni di quelle contrade che hanno lo gran tesoro.»

Dopo aver visitato la piccola città di San Tomaso, situata ad alcune miglia al sud di Madras, e ch'è l'odierna Mailapur (città dei pavoni) degli Indiani, San Tomé degli Europei, Beita-Tuma o tempio di S. Tomaso degli antichi viaggiatori arabi, nella quale riposa il corpo di S. Tomaso apostolo, Marco Polo esplorò il regno di Masbar, e più particolarmente la provincia di Lar, da cui sono originari tutti i «Bregomani» del mondo (probabilmente i Bramani). Quegli uomini, secondo la relazione, vivono vecchissimi grazie alla loro sobrietà ed astinenza; alcuni dei loro monaci giungono ai cencinquanta o dugento anni, non mangiando che riso e latte, e bevendo un miscuglio di zolfo ed argento vivo. I Bregomani sono destri mercanti, superstiziosi però, ma lealissimi; non rubano, non uccidono essere vivente, ed adorano il bue, che tengono in conto d'animale sacro. «Si conoscono, dice il Polo, per un filo di bambagia ch'egli portano sotto la spalla diritta, sì che gli viene il filo a traverso il petto e le ispalle.»

Da quel punto della costa la flotta ritornò a Ceylan, ove nel 1284 Kublai-Kan aveva spedito un'ambasceria, che gli riportò le credute reliquie d'Adamo, e fra le altre cose i suoi due denti mascellari; giacchè, stando alle tradizioni dei Saracini, la tomba del nostro primo padre sarebbe posta sulla vetta della montagna dirupata che forma il punto più culminante dell'isola, e che chiamasi appunto per ciò il Picco di Adamo. Dopo aver perduto di vista Ceylan, Marco Polo andò a Cail, porto che pare sia scomparso dalle carte moderne, dove approdavano allora tutte le navi che venivano da Hormuz Kis, Aden e dalle coste dell'Arabia. Di là, girando il capo Comorino, all'estremità della penisola, giunsero i navigatori in vista di Culam, che al secolo XIII era una città molto commerciale, ed ove, dice il Polo, «gli abitanti sono tutti neri, maschi e femmine, e vanno tutti ignudi.» Ivi si raccoglie particolarmente il legno di sandalo, ed i mercanti del Levante e del Ponente vi accorrono a negoziare in gran numero. Il paese del Malabar è feracissimo di riso; ha leopardi, che Marco Polo chiama «leoni tutti neri», pappagalli di varie specie, e pavoni assai più belli e più grossi dei loro congeneri d'Europa.

La flotta, lasciato Coilum, seguì verso il nord la costa del Malabar, e giunse sulle sponde del reame di Ely, che sembra corrispondere a Mangalore, nell'antico regno di

Samorin. «Qui, dice il Veneziano, nasce pepe, giengiavo (ginepro) e molte altre ispezierie.»

Al nord di quel regno stendevasi quella contrada che il viaggiatore veneziano chiama Melibar, e che è situata al nord del Malabar propriamente detto. Le navi dei negozianti del Mangi venivano spesso a trafficare cogli indigeni di questa parte dell'India, che loro fornivano carichi di droghe eccellenti, bugrani preziosi ed altre mercanzie di gran valore; ma i loro vascelli erano troppo sovente saccheggiati dai pirati della costa, che avevano fama di terribili uomini di mare. Quei pirati abitavano più particolarmente la penisola di Gohurat, oggi Gudgiarate, verso la quale la flottiglia si diresse dopo aver veduto Tanat, contrada ove si raccoglie l'incenso bruno, Kambaget, città che fa gran traffico di cuoio. Visitato che ebbero Sumenat, città della penisola, i cui abitanti sono idolatri, crudeli e feroci, e poi Kesmacoram, probabilmente l'attuale Kedge, ultima città delle Indie tra occidente e settentrione, Marco Polo, in luogo di risalire verso la Persia, ove l'attendeva il fidanzato della principessa tartara, s'inoltrò verso occidente, traverso il vasto mare d'Oman.

La sua insaziabile passione d'esploratore lo trascinò così per cinquecento miglia sino alle rive dell'Arabia, ove gettò l'áncora alle isole Maschio e Femmina, così chiamate perchè una è unicamente abitata da uomini, l'altra da donne, che vengono visitate da quelli durante i mesi di marzo, aprile e maggio. «Questi uomini, dice il nostro esploratore, sono cristiani battezzati e non hanno signore, salvo che hanno un vescovo ch'è sotto l'arcivescovo di Scara.» Lasciate quelle isolette, la flotta fece vela a mezzodì verso l'isola di Scara, ch'è veramente Socotora, l'antica Dioscorides Insula dei Greci, ch'è posta all'ingresso del golfo d'Aden, e di cui Marco Polo riconobbe diverse parti. Egli parla degli abitanti di Socotora come di abili incantatori, che con le loro arti ottengono quanto vogliono e comandano agli uragani ed alle tempeste. Poi, discendendo ancora di miglio in miglio verso il sud, spinse la sua flotta sino alle coste del Madagascar.

Agli occhi del nostro viaggiatore, Madagascar è una delle più grandi e più nobili isole del mondo, d'un circuito di ben quattromila miglia. Gli abitanti sono per la maggior parte maomettani, e vivono sotto la signoria di dodici governatori. Sono molto dediti al commercio, e particolarmente al traffico dei denti di elefanti e dell'ambra. Si nutrono specialmente di carne di cammello, che è migliore e più sana di qualsiasi altra. I negozianti che vengono dalle coste dell'India non impiegano più di venti giorni a traversare il mar d'Oman; ma nel ritorno ci spendono non meno di tre mesi, in causa delle correnti contrarie che tendono sempre a respingerli verso il sud. Nondimeno, frequentano quell'isola perchè fornisce loro il legno di sandalo, di cui sonvi intere foreste, e l'ambra, ch'essi scambiano con drappi d'oro e di seta, con grande guadagno e profitto. Secondo Marco Polo, non mancano in quel reame le fiere e la cacciagione: leopardi, leoni, orsi, cervi, cinghiali, giraffe, asini selvaggi, caprioli, daini, bestie da pascolo vi si incontrano a mandre numerose; ma ciò che gli parve meraviglioso fu l'uccello grifone, ossia il roc, di cui si parla tanto nelle Mille ed una notte. «Questi uccelli, dic'egli, non sono fatti com'e' si dice di qua, cioè mezzo uccello e mezzo lione, ma sono fatti come aguglie (aquile) e sono capaci di sollevare un elefante negli artigli.» Quest'uccello meraviglioso è probabilmente l'epyornis maximus, di cui si trovano ancora delle uova al Madagascar.

Da quell'isola Marco Polo, risalendo verso il nord-ovest, venne a riconoscere Zanzibar e la costa africana, ch'egli prese per un'isola. Gli abitanti gli sembrarono smisuratamente robusti e capaci di portare il carico di quattro uomini, «e questo non è maraviglia, chè mangia l'uno bene per cinque persone.» Quegli indigeni erano negri e camminavano nudi; avevano la bocca grande, il naso «rabbuffato in suso,» le labbra e gli occhi grossi; descrizione esattissima, che s'adatta ancora ai naturali di quella parte dell'Africa. Quegli Africani vivono di riso, latte, carne e datteri, e fabbricano il vino con riso, zuccaro e droghe. Sono valenti guerrieri, nè temono la morte; combattono sopra cammelli o elefanti, armati di scudi di cuojo, di spade e di lancie, ed eccitano le loro cavalcature inebbriandole di bevande spiritose. «Qui, soggiunge il nostro viaggiatore, si hanno le più sozze femmine del mondo, ch'elle hanno la bocca grande, e il naso grosso e corto, e le mani grosse quattro cotanti che l'altre.»

Ai tempi di Marco Polo, secondo l'osservazione del Charton, i paesi compresi sotto la denominazione d'India si dividevano in tre parti: l'India Maggiore, cioè l'Indostan e tutto il paese posto fra il Gange e l'Indo; l'India Minore, cioè la contrada al di là del Gange, dalla costa occidentale della penisola fino alla costa della Cocincina; finalmente l'India Media, cioè l'Abissinia e le rive arabe fino al golfo Persico.

Lasciando Zanzibar, Marco Polo si diresse verso quest'India Media, ch'egli chiama Nabasce (Abissinia), risalendo verso il nord ed esplorando il litorale di quel paese fertilissimo. «Nabasce, dice il nostro viaggiatore, è una grandissima provincia; e sappiate che 'l maggiore re di questa provincia si è cristiano, e tutti gli altri re della provincia sono sottoposti a lui, i quali sono sei re, tre cristiani e tre saracini. Il re maggiore dimora nel mezzo della provincia, e i saracini dimorano verso Edenti (Aden), nella quale contrada messer San Tomaso convertì molta gente, poscia se ne partío, e andonne a Nabar, colà dove fu morto.» Parlando della vita degli abitanti e della fauna del paese, dice che «la vita loro si è riso e carne, e hanno leonfanti, e non ch'egli vi naschino, ma vengono d'altri paesi. Nasconvi molte giraffe e molte altre bestie, e hanno molte bellissime galline, e sì hanno istruzzoli (struzzi) grandi come asini, o poco meno; e sì hanno molte altre cose, ch'a volerle tutte contare sarebbe troppo lunga mena.

Cacciagioni e uccellagioni si hanno assai, e si hanno pappagalli bellissimi e di più fatte, e si hanno gatti mamoni e iscimmie assai.»

Lasciato il litorale dell'Abissinia, la flotta toccò Edenti, la moderna Aden, vicino all'imboccatura del Mar Rosso. Aden era a quel tempo una città importantissima pel traffico dell'Oriente, e nel suo porto convenivano tutti i navigli che commerciavano coll'India e colla China. La flotta visitò quindi Icier (la moderna Schehr nell'Hadzamauth, sulla costa meridionale dell'Arabia), «grande città, dice il Veneziano, la quale è sotto il soldano d'Edenti ed ha un porto eccellente, al quale càpitano molte navi, le quali vengono dall'India con molta mercatanzia;» Dufar (Dafur, sulla costa arabica meridionale), che produce un incenso di prima qualità; Chalatu (Kalhat, sulla costa arabica orientale), «città posta sulla bocca del golfo di Chalatu, sì che veruna nave vi può passare nè usare senza la volontà di questa città;» e per ultimo Curmaso (Hormuz), che Marco Polo aveva già visitata, quando da Venezia si recò alla corte del re tartaro.

È a quel porto del golfo Persico che terminò la traversata della flotta allestita dall'imperatore mongollo. La principessa era finalmente giunta ai confini della Persia, dopo una navigazione che aveva durato non meno di diciotto mesi. Ma nel frattempo il principe Arghum, suo fidanzato, era morto, ed il regno era straziato dalla guerra civile. La principessa fu dunque consegnata al figlio d'Arghum, il principe Ghazan, che salì al trono nel 1295, dopo che l'usurpatore, fratello d'Arghum, fu strangolato. Non si sa che avvenisse della principessa; ma prima di separarsi da Marco, Matteo e Niccolò Polo, ella lasciò loro segni dell'alto favore in cui li teneva.

Fu probabilmente durante il suo soggiorno in Persia che Marco Polo raccolse documenti interessanti sulla Gran Turchia; sono documenti staccati ch'egli dà al termine della sua relazione, vera storia dei kan mongolli della Persia. Ma i suoi viaggi d'esplorazione erano terminati. Preso commiato dalla principessa tartara, i tre Veneziani, bene scortati, presero la via di terra per tornare in patria. Si recarono a Trebisonda e Costantinopoli, da Costantinopoli a Negroponte, ed ivi s'imbarcarono per Venezia.

Fu nel 1295, ventiquattro anni dopo esserne partito, che Marco Polo rientrò nella sua città natale. I tre viaggiatori, abbronzati dal sole, vestiti grossolanamente di stoffe tartare, avendo conservato nei loro modi e nel linguaggio le abitudini mongolle, disavvezzi al dialetto veneto, non furono neppure riconosciuti dai loro più prossimi parenti. Inoltre, da gran tempo era corsa voce della loro morte, e non si sperava più di rivederli. Si recarono alla loro casa nel quartiere di San Giovanni Grisostomo, e la trovarono occupata da varî individui della famiglia Polo. Questi accolsero i viaggiatori con diffidenza, giustificata certo dalla loro deplorabile apparenza, e prestarono poca fede al racconto, alquanto straordinario infatti, che fece loro Marco Polo. Tuttavia, dietro le loro istanze, li ammisero in quella casa, di cui erano veramente i legittimi possessori. Alcuni giorni dopo, Niccolò, Matteo e Marco, volendo distruggere il più piccolo dubbio circa la loro identità, diedero a tutti i loro parenti uno splendido convito. E quì lasceremo la parola al Veneziano Ramusio, che dice d'averlo saputo per tradizione:

«.....Invitati molti suoi parenti ad un convito, il quale volsero che fosse preparato onoratissimo con molta magnificenza, nella detta sua casa, e venuta l'ora del sedere a tavola, uscirono fuori di camera tutti tre vestiti di raso cremosino in vesti lunghe fino in terra, come solevano, standosi in casa, usare in quei tempi, e data l'acqua alle mani e fatto seder gli altri, spogliatesi le dette vesti, se ne misero altre di damasco cremosino, e le prime di suo ordine furono tagliate in pezzi e divise fra li servitori. Da poi mangiate alcune vivande, tornarono di nuovo a vestirsi di velluto cremosino, e posti di nuovo a tavola, le vesti seconde furono divise fra li servitori, ed in fine del convito il simil fecero di quelle di velluto, avendosi poi rivestiti nell'abito de' panni consueti che usavano tutti gli altri.

«Questa cosa fece maravigliare, anzi restar come attoniti tutti gl'invitati; ma tolti via li mantelli, e fatti andar fuori della sala tutti i servitori, Messer Marco, come il più giovane, levatosi dalla tavola, andò in una delle camere, e portò fuori le tre vesti di panno grosso consumate, con le quali erano venuti a casa, e quivi con alcuni coltelli taglienti cominciarono a discucir alcuni orli e cuciture doppie, e cavar fuori gioje preziosissime in gran quantità, cioè rubini, zafiri, carboni, diamanti e smeraldi, che in cadauna di dette vesti erano stati cuciti con molto artificio, ed in maniera ch'alcuno non si averia potuto imaginare che ivi fussero state. Perchè al partir del Gran Kan tutte le ricchezze ch'egli aveva loro donate cambiarono in tanti rubini, smeraldi ed altre gioje, sapendo certo che s'altrimente avessero fatto per sì lungo, difficile ed estremo cammino, non saria mai stato possibile che seco avessero potuto portare tanto oro.

«Or questa dimostrazione di così grande ed infinito tesoro di gioje e pietre preziose che furono poste sopra la tavola riempiè di nuovo gli astanti di così fatta maraviglia, che restarono come stupidi e fuori di sè stessi, e conobbero veramente ch'erano quegli onorati e valorosi gentil'uomini da Ca' Polo di che prima dubitavano, e fecero loro grandissimo onore e riverenzia.

«Divulgata che fu questa cosa per Venezia, subito tutta la città, sì de' nobili che de' populari, corse a casa loro ad abbracciargli e fare tutte quelle maggiori carezze e dimostrazioni d'amorevolezza e riverenzia che si potessero immaginare; e Messer Maffio, ch'era il più vecchio, onorarono d'un magistrato che nella città in que' tempi era di molta autorità; e tutta la gioventù ogni giorno andava continuamente a visitare e trattare M. Marco, ch'era umanissimo e graziosissimo, e gli domandavano delle cose del Cataio e del Kan; il quale rispondeva con tanta benignità e cortesia che tutti gli restavano in un certo modo obligati. E perchè nel continuo raccontare ch'egli faceva più e più volte della grandezza del Gran Kan, dicendo l'entrate di quello essere da 10 in 15 milioni d'oro; e così di molt'altre ricchezze di quelli paesi riferiva tutte a milioni, lo cognominarono Messer Marco Milioni, che così ancora ne' libri pubblici di questa repubblica, dove si fa menzion di lui, ho veduto notato; e la corte della sua casa a San Giovan Grisostomo, da quel tempo in qua, è ancora volgarmente chiamata la Corte dei Milioni.»

E per questo, anche il libro de' suoi viaggi ebbe l'appellativo di Milione, Liber Milionis, come leggesi nel Codice Ambrosiano.

Un uomo celebre come Marco Polo non poteva certamente sfuggire agli onori civili; ed infatti si vide chiamato alle prime magistrature di Venezia.

Fu verso quell'epoca, nel 1296, che scoppiò una guerra tra Venezia e Genova. Una flotta genovese, comandata da Lampa Doria, solcava l'Adriatico, minacciando il litorale. L'ammiraglio veneziano, Andrea Dandolo, armò tosto una flotta superiore in numero alla genovese, ed affidò il comando d'una galera a Marco Polo, che, a ragione, era in fama di valentissimo navigatore.

Tuttavia, in quella battaglia navale dell'8 settembre 1296, i Veneziani furono battuti, e Marco Polo, gravemente ferito, cadde in potere dei Genovesi. I vincitori, conoscendo ed apprezzando il valore del loro prigioniero, lo trattarono con molti riguardi. Fu condotto a Genova, ove le primarie famiglie, avide di ascoltare la sua storia, gli fecero le più graziose accoglienze. Ma se gli altri non si stancavano d'ascoltarlo, Marco Polo alla perfine si stancò di raccontare, ed avendo fatto nel 1298, durante la sua cattività, la conoscenza del Pisano Rusticano, gli dettò il racconto de' suoi viaggi.

Restituitosi a Venezia, dopo la pace del 1299, Marco Polo prese in moglie una Donata, e n'ebbe tre figliuole: Fantina, Bellela e Moretta. Suo padre Niccolò morì nel 1300, e fu da lui fatto seppellire nell'angiporto della chiesa di S. Lorenzo. Nell'anno 1323, a lui settantaduesimo, Marco fece il suo testamento; e sebbene resti ignoto (dice il Ramusio) l'anno della morte, può congetturarsi che non fosse di molto posteriore. Fu sepolto nella chiesa di San Lorenzo.

Tale fu la vita del celebre viaggiatore, le cui relazioni ebbero molta influenza sul progresso delle scienze geografiche; e dovevano un secolo dopo schiudere a Colombo la via al Nuovo Mondo. Egli possedeva in sommo grado il genio d'osservazione; sapeva vedere, come sapeva narrare; e le scoperte, le esplorazioni posteriori, non fecero che confermare la veracità del suo racconto. Sino alla metà del secolo XVIII i documenti tratti dalla relazione di Marco Polo servirono di base agli studî geografici, come alle spedizioni commerciali fatte nella Cina, nell'India e nel centro dell'Asia.

La famiglia Polo si estinse nel 1418 in Marco Polo, castellano a Verona, essendo rimasta erede di tutta la sostanza Polo, Maria vedova di Zuanne Bon e rimaritata nel 1424 in Azzo Trevisan; dalla quale discendenza nacque Marcantonio Trevisan.

Nel secolo XVII una famiglia patrizia onorò la memoria dell'illustre viaggiatore con una statua di pietra d'Istria di poco maggiore del naturale, che oggi si vede nell'atrio del palazzo Morosini a Santo Stefano. Più tardi, la modesta carità dell'abate Zenier segnò d'una lapide la casa abitata dall'immortale viaggiatore, di fianco alla chiesa di San Grisostomo. Nella corte attigua si vede ancora una porta, il cui arco, di forma decisamente orientale, è adorno di leggiadre sculture, ed una parte dell'antica cornice non meno ornata ed elegante. La corte portò, fino all'epoca del Ramusio, lo storico nome di «Corte del Milione.»

APPENDICE

Togliamo dall'edizione Le-Monnier del Codice Magliabeccano alcuni documenti interessanti risguardanti la storia della Gran Turchia, che, come già abbiamo detto a pag. 110, vennero raccolti da Marco Polo durante il suo soggiorno in Persia.

I.

Della Gran Turchia.

Turchia si ha un re c'ha nome Chaidu, lo quale è nipote del Gran Cane, che fu figliolo d'uno suo fratello cugino. Questi sono tarteri, valentri uomeni d'arme, perchè sempre istanno in guerra e in brighe. Questa Gran Turchia è verso maestro. Quando l'uomo si parte da Curmaso, e passa per lo fiume di Geon, e dura di verso tramontana insino alle terre del Gran Cane, sappiate ch'e' truova Chaidu. E tra questo Chaidu e lo Gran Cane sì ha grandissima guerra, perchè Chaidu vorebbe conquistare parte delle terre del Chattai e de' Magi; ma il Gran Cane vuole che lo seguiti, sì come fanno gli altri che tengono terra da lui: questi nol vuol fare, perchè non si fida, e perciò sono istate tra loro molte battaglie. E si fa questo re Chaidu bene C mila cavalieri; e più volte hae isconfitto i baroni e i cavalieri del Gran Cane, perciò che questo re Chaidu è molto prode dell'arme, egli, e sua gente. Or sappiate, che questo re Chaidu avea una sua figliuola, la quale era chiamata in tartaresco Aigiarne, cioè viene a dire in latino, lucente luna. Questa donzella era sì forte, che non si trovava persona che vincere la potesse di veruna prova; lo re suo padre si la volle maritare: quella disse, che mai non si mariterebbe s'ella non trovasse un gentile uomo che la vincesse di forza o d'altra pruova. Lo re si le avea largito ch'ella si potesse maritare a sua volontà. Quando la donzella ebbe questo dal re, si ne fu molto allegra; e allora mandò per tutte le contrade, che, se alcuno gentile uomo fosse, che si volesse provare colla figliuola del re Caidu, si andasse a sua corte, sappiendo, che qual fosse quegli che la vincesse, ella il torrebbe per suo marito. Quando la novella fu saputa per ogni parte eccoti venire molti gentili uomeni alla corte del re; or fu ordinata la pruova in questo modo. Nella mastra sala del palagio si era lo re e la reina con molti cavalieri e con molte donne e donzelle: ed ecco venire la donzella tutta sola, vestita d'una cotta di zendado molta acconcia. La donzella era molto bella e ben fatta di tutte bellezze. Or conveniva che si levasse il donzello, che si voleva provare con lei, a questi patti com'io vi dirò: che se 'l donzello vincesse la donzella, ella lo dovea prendere per suo marito, ed egli dovea avere lei per sua moglie; e se cosa fosse che la donzella vincesse l'uomo, si conveniva che l'uomo desse a lei C cavalli; e in questo modo avea la donzella guadagnati bene X mila cavagli. E sappiate che questo non era maraviglia, che questa donzella era sì ben fatta e sì informata, ch'ella pareva pure una gigantessa. Eravi venuto un donzello, lo quale era figliuolo del re di Pumar per provarsi con questa donzella; e menò seco molta bella e nobile compagnia, e si menò M cavagli per mettere alla pruova: ma 'l cuore li stava molto franco di vincere, di ciò gli pareva essere troppo bene sicuro: e questo fu nel MCCLXXX anni. Quando il re Caidu vidde venire questo donzello, sì ne fu molto allegro, e molto disiderava nel suo cuore che questo donzello la vincesse, perciò ch'egli era bel giovane e figliuolo di un gran re: e allora si fece pregare la figliuola che si lasciasse vincere a costui; ed ella sì rispuose: sappiate, padre, che per veruna cosa del mondo non farei altro che diritto e ragione. Or eccoti la donzella entrata nella sala alla pruova, tutta la gente che stava a vedere, pregavano che desse a perdere alla donzella, acciò che così bella coppia fossero accompagnati insieme. E sappiate che questo donzello era forte e prode, e non trovava uomo che 'l vincesse, nè che si potesse con lui in ogni pruova. Or vennono insieme il donzello e la donzella alle prese, e furonsi presi insieme alle braccia, e feciono una molto bella incominciata, ma poco durò, che convenne pure che il donzello perdesse la prova. Allora si levò in sulla sala il maggior duolo del mondo, perchè il donzello avea così perduto, ch'era uno de' piue belli uomeni che vi fosse ancora venuto, o che mai fosse veduto; e allotta ebbe la donzella questi M cavalli, e 'l donzello si partío, ed andossene in sua contrada molto vergognoso. E voglio che voi sappiate che lo re Caidu menò questa sua figliola in più battaglie, e quando ella era alla battaglia, ella si gittava tra' nemici sì fieramente, che non era cavaliere sie ardito nè si forte ch'ella nol prendesse per forza, e menavalo via; e faceva molte prodezze d'arme. Or lasciamo di questa materia, e udirete d'una battaglia che fu tra lo re Caidu ed Argo figliuolo dello re Abagha signore del Levante.

II.

D'una battaglia.

Sappiate che lo re Abagha, signore del Levante, si tiene molte terre e molte provincie, e confina le terre sue con quelle del re Caidu, cioè, dalla parte dell'Albero Solo, lo quale noi chiamiamo l'Albero Secco. Lo re Abaga, per cagione che lo re Caidu non facesse danno alle terre sue, si mandò il suo figliuolo Argo con grande gente a cavallo e a piede nelle contrade dell'Albero Solo infino al fiume di Geon, perchè guardasse quelle terre che sono alli confini. Ora avenne che lo re Caidu si mandò un suo fratello, molto valentre cavaliere, lo quale avea nome Barac, con molta gente, per fare danno alle terre, ove questo Argo era. Quando Argo seppe che costoro venivano, fece asembiare sua gente, e venne incontro a nemici. Quando furono asembiati l'una parte e l'altra, e gli istormenti cominciarono a sonare dall'una parte e dall'altra, allora fu cominciata la più crudele battaglia, che mai fosse veduta al mondo; ma pure alla fine Barac e sua gente non poterono durare; sì che Argo gli sconfisse, e cacciogli di là dal fiume. Da che n'abbiamo cominciato a dire d'Argo, dirovvi com'egli fu preso, e com'egli signoreggiò poscia, dopo la morte del suo padre.

Quando Argo ebbe vinta questa battaglia, vennegli novelle come lo padre era passato di questa vita. Quand'egli intese questa novella, funne molto cruccioso, e mossesi per venire a pigliare la signoria; ma egli era di lungi bene XL giornate. Ora avenne che il fratello che fu d'Abagha, lo quale si era soldano ed era fatto saracino, si vi giunse prima che giugnesse Argo, e incontanente entrò in sulla signoria, e riformò la terra per sè, e si vi trovò sì grandissimo tesoro, che a pena si potrebbe credere: e si ne donò sì largamente a' baroni e a' cavalieri della terra, che costoro dissoro che mai non volevano altro signore. Questo soldano faceva a tutta gente appiacere e onore. Ora quando il soldano seppe che Argo veniva con molta gente, sì si apparecchiò con tutta sua gente e fece tutto suo isforzo in una settimana. E questa gente per amore del soldano andavano molto volentieri contro ad Argo, per pigliarlo e per ucciderlo a tutto loro podere.

Quando il soldano ebbe fatto tutto suo isforzo, sì si missono e andarono incontro ad Argo, e quando fu presso a lui sì si attendò in un molto bel piano, e disse alla sua gente: signori, e' ci conviene essere prodi uomeni, però che noi difendiamo la ragione, chè questo regno fu del mio padre, il mio fratello Abagha si lo ha tenuto, quanto a tutta sua vita, ed io si doveva avere lo mezzo, ma per cortesia, si gliele lasciai. Ora da ch'egli è morto, si è ragione ch'io l'abbia tutto; ma io si vi dico, ch'io non voglio altro che l'onore della signoria, e vostro sia tutto il frutto. Questo soldano avea bene XL mila cavalieri e grande quantità di pedoni. La gente rispuosono e dissero tutti, che andrebbono con lui insino alla morte.

Argo, quando seppe che 'l soldano era attendato apresso di lui, ebbe sua gente, e disse così: signori e fratelli ed amici miei, voi sapete bene che 'l mio padre insino ch'egli vivette egli vi tenne tutti per fratelli e per figliuoli, e sapete bene come voi e vostri padri siete istati con lui in molte battaglie, e a conquistare molte terre; e sì sapete bene come io sono suo figliuolo, e com'egli vi amò assai, ed io ancora si v'amo di tutto il mio cuore; dunque è bene ragione che voi m'atiate riconquistare quello che fu del mio padre e vostro, ch'è contro colui che viene contro a ragione, e vuolci deretare delle nostre terre, e cacciar via tutte le nostre famiglie. E anche sapete bene, ch'egli non è di nostra legge, ma è saracino e adora Malcometto; ancora vedete come sarebbe degna cosa che gli saracini avessono signoria sopra gli cristiani: dacchè voi vedete bene ch'egli è così, ben dovete essere prodi e valentri. Sì come buoni fratelli m'aitate in difendere lo nostro, ed io hoe isperanza in Dio, che noi il metteremo a morte, sì come egli è degno; perciò si vi prego catuno che facciate più che suo podere non porta, sì che noi vinciamo la battaglia. Li baroni e li cavalieri, quando ebbono inteso il parlamento, che avea fatto Argo, tutti rispuosono e dissono, ch'egli avea detto bene e saviamente: e fermarono tutti comunemente, che volevano innanzi morire con lui, che vivere senza lui, o che niuno gli venisse meno. Allora si levò un barone, e disse ad Argo: messere, ciò che avete detto èe tutta verità, ma si voglio dir questo, che a me si parebbe, che si mandassono ambasciadori al soldano per sapere la cagione di quello che fa, e per sapere quello che vuole: e cosie fue fermato di fare. E quando egliono ebbono questo fermato, fecino due ambasciadori, che andassono al soldano ed isponessongli queste cose, come in tra loro non dovea essere battaglia, perciò ch'erano una cosa; e che 'l soldano dovesse lasciare la terra e renderla ad Argo. Lo soldano rispuose agli ambasciadori, e disse: andate ad Argo, e ditegli ch'io il voglio tenere per nipote e per figliolo, sì com'io debbo; e che gli voleva dare signoria, ch'egli si venisse e che istesse sotto lui; ma non voleva che egli fosse signore; e se così non vuol fare, si gli dite che si apparecchi della battaglia.

Argo, quando ebbe intesa questa novella, ebbe grande ira, e disse: non ci è da udire nulla. Allora si mosse con sua gente, e fu giunto al campo, ove dovea essere la battaglia; e quando furono apparecchiati l'una parte e l'altra, e gli istormenti cominciarono a suonare da ciascuna parte, allora si cominciò la battaglia molto forte e molto crudele da ciascuna delle parti. Argo fece il dì grandissima prodezza, egli e sua gente, ma non gli valse. Tanto fu la disaventura, che Argo si fu preso, e perdè allora nella battaglia del soldano. Si era uno uomo molto lussurioso, sì che si pensò di tornare alla terra, e di pigliare molte belle donne che v'erano; allora si partío, e lasciò un suo vicaro nell'oste che avea nome Melichi, che dovesse guardare bene Argo; e così se ne andò alla terra, e Melichi rimase.

Ora avenne che uno barone tartero, lo quale era aguale sotto il soldano, vidde il suo signore Argo, lo quale dovea essere di ragione: vennegli un gran pensiero al quore, e l'animo gli cominciò a gonfiare; e diceva infra sè stesso, che male gli pareva che 'l suo signore fosse preso, e pensò di fare suo podere, sì che gli fosse lasciato; e allora cominciò a parlare con altri baroni dell'oste. E a ciascuno parve in buon volere e in buono animo di volersi pentere di ciò e ch'avevano fatto. E quando furono bene accordati, un barone ch'avea nome Baga si fue cominciatore, e levaronsi suso tutti a romore, e andarono alla prigione dove Argo era preso, e dissongli, com'egli s'erano riconosciuti, e che aveano fatto male, e che volevano ritornare alla misericordia e fare e dire bene, e lui tenere per signore; e così s'acordarono; e Argo perdonò loro tutto ciò ch'aveano fatto contra di lui. E incontanente si mossono tutti questi baroni, e andarono al padiglione dov'era Melichi lo vicaro del soldano, ed ebbonlo morto; ed allora tutti quelli dell'oste si confermarono Argo per loro diritto signore.

Di presente giunse la novella al soldano, come il fatto era istato, e come Milichi suo vicaro era morto. Quando ebbe inteso questo, si ebbe gran paura, e pensossi di fuggire in Bambellonia, e missesi a partire con quella gente che avea. Un barone lo quale era grande amico d'Argo, si stava ad un passo, e quando lo soldano passava, sì l'ebbe conosciuto, e incontanente gli fu dinanzi in sul passo, ed ebbolo preso per forza, e menollo preso dinanzi ad Argo alla città, che v'era già giunto di tre dì. E Argo, quando il vidde, sì ne fu molto allegro, e incontanente comandò che gli fosse dato la morte, si come a traditore. Quando fu così fatto, ed Argo mandò un suo figliuolo a guardare le terre dell'Albero Solo, e mandò con lui trenta mila cavalieri. A questo tempo che Argo entrò nella signoria corre anni MCCLXXXV, e regnò signore VI anni, e fu avelenato, e cosie morìo. E morto che egli fu Argo, un suo zio entrò nella signoria (perchè il figliuolo d'Argo era molto di lungi), e tenne la signoria due anni, e in capo di due anni fue anche morto di beveraggio. Or vi lascio qui, che non ci hae altro da dire, e dirovvi un poco delle parti di verso tramontana.

III.

Delle parti di verso tramontana.

In tramontana si ha uno re ch'è chiamato lo re Chonci, e sono tarteri, e sono genti molto bestiali. Costoro si hanno un loro domenedio fatto di feltro, e chiamanlo Fattighai, e fannogli anche la moglie, e dicono che sono l'iddii terreni, che guardano tutti i loro beni terreni, e così li dànno mangiare, e fanno a questo cotale iddio, secondo che fanno gli altri tarteri, de' quali v'abbiamo contato adrietro. Questo re Chonci è della ischiatta di Cinghy Cane, ed è parente del Gran Cane. Questa gente non hanno città nè castella, anzi si stanno sempre o in piani o in montagne, e sono grande gente delle persone; vivono di latte di bestie e di carne; biada non hanno, e non son gente che mai facciano guerra ad altrui, anzi istanno tutti in grande pace, e hanno molte bestie, ed hanno orsi che sono tutti bianchi, e sono lunghi XX palmi, ed hanno volpi che sono tutte nere, e asini salvatichi assai, e hanno giambelline, cioè, quelle di che si fanno le care pelle, che una pelle, da uomo, val bene M bisanti; e vaj hanno assai. Questo re si e di quella contrada, dove i cavagli non possono andare, perciò che v'ha grandi laghi e molte fontane, e sonvi i ghiacci sì grandi, che non vi si può menare cavallo; e dura questa mala contrada XIII giornate; ed in capo di ciascuna giornata si ha una posta, ove albergano i messi, che passano e che vengono. E a catuna di queste poste istanno XL cani, gli quali istanno per portare gli messaggi dall'una posta all'altra, sì com'io vi dirò. Sappiate che queste XIII giornate si sono due montagne, e tra queste due montagne si ha una valle, e in questa valle è si grande il fango e il ghiaccio, che cavallo non vi potrebbe andare; e fanno ordinare tregge senza ruote, che le ruote non vi potrebbono andare, però ch'elle si ficcherebbono tutte nel fango, e per lo ghiaccio correrebbono troppo. In su questa treggia pongono un cuoio d'orso, e vannovi suso questi cotali messaggi, e questa treggia mena sei di questi cani, e questi cani sanno bene la via, e vanno infine all'altra posta, e così vanno di posta in posta tutte queste XIII giornate di quella mala via, e quegli che guarda la posta si monta in su 'n una altra treggia, e menangli per la migliore via. E si vi dico, che gli uomeni che stanno su per queste montagne sono buoni cacciatori, e pigliano di molte buone bestiole, e fannone molto grande guadagno, sì come sono giambellini e vaj ed ermellini e coccolini e volpi nere e altre bestie assai, onde si fanno le care pelli; e piglianle in questo modo, ch'e' fanno loro reti, che non ve ne può campare veruna. Qui si ha grandissima freddura. Andiamo più innanzi, e udirete quello che noi troviamo, ciò fu la Valle Iscura.

IV.

Della Valle Iscura.

Andiamo più innanzi per tramontana, e trovamo una contrada chiamata Iscurità, e certo ella hae bene nome a ragione, ch'ella è sempre mai iscura; quivi sì non appare mai sole nè luna nè stelle, sempre mai v'è notte; la gente che v'è vivono come bestie, e non hanno signore. Ma talvolta vi mandono gli tarteri com'io vi dirò: che gli uomeni che vi vanno si tolgono giumente ch'abbiano pulledri dietro, e lasciano gli puledri di fuori dalla scurità, e poi vanno rubando ciò che possono trovare, e poi le giumente si ritornano a' loro pulledri di fuori dalla iscurità: e in questo modo riede la gente che vi si mette ad andare. Queste genti hanno molto di queste pelli così care ed altre cose assai, perciò che sono maravigliosi cacciatori, e ammassono molto di queste care pelli che avemo contato di sopra. La gente che vi sta, son gente palida e di mal colore. Partiamoci di qui, e andiamone alla città di Rossia.

V.

Della provincia di Rossia.

Rossia è una grandissima provincia verso tramontana, e sono cristiani, e tengono maniera di greci, ed havvi molti re, e hanno loro linguaggio, e non rendono trebuto se non ad uno re di tartari, e quello è poco. La contrada si ha fortissimi passi ad entrarvi. Costoro non sono mercatanti, ma si hanno assai delle pelle, che abbiamo detto di sopra. La gente è molto bella, maschi e femmine, sono bianchi e biondi, e sono semprici genti. In questa contrada si ha molte argentiere, e cavanne molto argento. In questo paese non ha altro da dire: dirovvi della provincia la quale ha nome Lacca, perchè confina colla provincia di Rossia.

VI.

Della provincia di Lacca.

Quando noi ci partiamo di Rossia sie entriamo nella provincia di Lacca; qui vi troviamo gente che sono di cristiani e di saracini. Non ci ha quasi altra novità che abbiamo da quelle di sopra; ma vovvi dire d'una cosa, che m'era dimenticata della provincia di Rossia. In quella provincia si ha sì grandissimo freddo, che a pena vi si può campare, e dura infino al mare oceano. Ancora vi dico che v'ha isole dove nascono molti girfalchi e molti falconi pellegrini, i quali si portano per più parti del mondo; e sappiate che da Rossia ad Orbeche non v'ha grande via, ma per lo grande freddo che v'è, si non vi si puote bene andare. Or vi lascio a dire di questa provincia, che non ci ha altro da dire, e vogliovi dire un poco di tarteri di ponente e di loro signore, e quanti signori hanno avuti. Comincio del primo signore.

VII.

De' signori de' tarteri del ponente.

Lo primo signore ch'ebbono gli tarteri del ponente si fu uno ch'ebbe nome Frai. Questo Frai fu uomo molto possente, e conquistò molte provincie e molte terre, ch'egli conquistò Rossia e Chomania e Alanai e Lacca e Megia e Ziziri e Scozia e Gazarie. Queste furono tutte prese per cagione che non si tenevano insieme, che se elle fossero istate tutte bene insieme, non sarebbono istate prese. Ora dopo la morte di Frai fu signore Patu, dopo Patu si fu Bergho, dopo Bergo Mogleten, poscia fu Catomachu, dopo costui fu il re ch'è oggi, lo quale ha nome lo re Tocchai. Ora avete inteso di signori che sono istati delli tarteri del ponente; vogliovi dire d'una battaglia, che fu molta grande tra lo re Alau signore del levante, e dello re Barga signore del ponente.

VIII.

D'una gran battaglia.

Al tempo degli anni Domini MCCLXI sì si cominciò una grande discordia tra gli tarteri del ponente e quegli del levante, e questo si fu per una provincia, che l'uno signore e l'altro la voleva, sì che ciascuno fece suo isforzo e suo apparecchiamento in sei mesi. Quando venne in capo degli sei mesi, e ciascuno sie uscie fuori a campo, e ciascuno avea bene in sul campo bene ccc mila cavalieri, bene apparecchiati d'ogni cosa da battaglia, secondo loro usanza. Sappiate che lo re Barga avea bene CCCL mila di cavalieri. Or si puose a campo a X miglia presso l'uno all'altro; e voglio che voi sappiate, che questi campi erano i più ricchi campi che mai fossono veduti, di padiglioni e di trabacche, tutti forniti di sciamiti e d'oro e d'ariento; e costì istettoro tre dì. Quando venne la sera, che la battaglia dovea essere la mattina vegnente, ciascuno confortò bene sua gente, ed amonìo, sì come si conveniva. Quando venne la mattina, e ciascuno signore fu in sul campo, e feciono loro ischiere bene e ordinatamente. Lo re Barga fece XXXV ischiere, lo re Alau ne fece pure XXX, perchè avea meno di gente, e ogni ischiera era da X mila uomeni a cavallo. Lo campo era molto bello e grande, e bene faceva bisogno, che giammai non si ricorda che tanta gente s'asembiasse in su 'n un campo; e sappiate che ciascuna gente erano prodi ed arditi. Questi due signori furono amendue discesi della ischiatta di Cinghy Cane, ma poi sono divisi, che l'uno è signore del levante, e l'altro del ponente. Quando furono acconci l'una parte e l'altra, e gli naccheri incominciarono a sonare da ciascuna parte, allora fu cominciata la battaglia colle saette; le saette cominciarono ad andare per l'aria tante, che tutta l'aria era piena di saette, e tante ne saettarono che più non n'avevano. Tutto il campo era pieno d'uomeni morti e di feriti; poi missoro mano alle ispade; quella era tale tagliata di teste e di braccia e di mani di cavalieri, che giammai tale non fu veduta nè udita, e tanti cavalieri a terra, ch'era una maraviglia a vedere da ciascuna parte; nè giammai non morì tanta gente in un campo, che niuno non poteva andare per terra, se no su per gli uomeni morti e feriti. Tutto il mondo pareva sangue, che gli cavagli andavano nel sangue insino a mezza gamba. Lo romore e il pianto era sì grande di feriti ch'erano in terra, ch'era una maraviglia a udire lo dolore che facevano. E lo re Alau fece sì grande maraviglie di sua persona che non pareva uomo, anzi pareva una tempesta; sì che il re Barga non potè durare, anzi gli convenne alla per fine lasciare il campo, e missesi a fuggire: e lo re Alau gli seguì dietro con sua gente, tuttavia uccidendo quantunque ne giugnevano. Quando lo re Barga fu isconfitto con tutta sua gente, e il re Alau si ritornò in sul campo, e' comandò che tutti gli morti fossono arsi, così gli nemici come gli amici, però ch'era loro usanza d'ardere i morti; e fatto ch'ebbono questo, sì si partirono, e ritornarono in loro terre. Avete inteso tutti i fatti di tarteri e di saracini, quanto se ne può dire, e di loro costumi, e degli altri paesi che sono per lo mondo, quanto se ne puote cercare e sapere; salvo che del Mar Maggiore non vi abbiamo parlato nè detto nulla, nè delle provincie che gli sono d'intorno, avegnachè noi il ciercamo ben tutto, perciò il lascio a dire, che mi pare che sia fatica a dire quello, che non sia bisogno nè utile, nè quello ch'altri fa tutto dì; che tanti sono coloro che il cercano e 'l navicano ogni dì che bene si sa, sì come sono viniziani e genovesi e pisani, e molta altra gente che fanno quel viaggio ispesso, che catuno sa ciò che v'è; e perciò mi taccio e non ve ne parlo nulla di ciò. Della nostra partita, come noi ci partimmo dal Gran Cane, avete inteso nel cominciamento del libro in uno capitolo, ove parla della briga e fatica ch'ebbe messer Matteo e messer Niccolò e messer Marco in domandare commiato dal Gran Cane; e in quello capitolo conta la ventura ch'avemo nella nostra partita. E sappiate, se quella aventura non fosse istata, a gran fatica e con molta pena saremo mai partiti, sì che appena saremo mai tornati in nostro paese. Ma credo che fosse piacere di Dio nostra tornata, acciò che si potessero sapere le cose che sono per lo mondo, che secondo ch'avemo contato in capo del libro nel titolo primaio, e' non fu mai uomo nè cristiano nè saracino nè tartero nè pagano, che mai cercasse tanto del mondo, quanto fece messer Marco figliuolo di messer Niccolò Polo, nobile e grande cittadino della città di Vinegia. Deo gratias. Amen. Amen.

Fine.